MAZARINADES NORMANDES

—

Distribution du 1ᵉʳ Juin 1880

—

—1—

LETTRE

DE

CONSOLATION

Enuoyée à Meſsieurs les Princes au
Havre de Grace, ſur le ſuiet de
la mort de Madame la Princesse
Doüairière leur Mere.

M. DC. LI.

LETTRE DE CONSOLATION
enuoyée à Meſſieurs les Princes au Havre de Grace, ſur le ſuiet de la mort de Madame la Princeſſe doüairiere leur Mere.

MESSEIGNEVRS,

  Ie ne doute point que les ennemis de vos ALTESSES n'ayent eſté plus diligens que moy pour vous faire ſçauoir les triſtes nouuelles de la mort de Madame la Princeſſe Doüairiere, voſtre mere : Puis que la facilité de l'accez qu'ils ont dans le Havre de Grace, iointe à l'idée qu'ils ont euë que le rapport de ce déplorable accident conſpireroit auec le poids injuſte de vos fers, pour accabler entierement vos conſtances ; aura infailliblement precipité le deſſein qu'ils ont de n'épargner pas vos patiences, en leur faiſant naiſtre toutes les occaſions auec leſquelles ils s'imagineront ſottement qu'ils les pouront enfin heureuſement combattre.

Mais quelques puiſſans qu'ils ſoient, par la faueur tyrannique d'vn iniuſte fauory, ie ſuis aſſuré que leur diligence n'aura feruy qu'à leur ietter la confufion fur le vifage, auec la honte de s'eftre iamais imaginez qu'ils fuffent capables d'ébranler vne conftance, qui n'ayant rien de commun mefme auec celles qui font les plus illuftres Heros, ne pourroit par confequent eftre attaquée que par où vos A. fans doute feroient imprenables.

Il eft vray que les héroïques vertus de celle que nos mauuais deftins ont rauy à l'Eftat, pourroit iuftifier les larmes des apatiques; & faire compatir les plus cuifants regrets mefme auec la plus genereufe fermeté qu'Homere fait paroiftre dans la pofture des demy-Dieux de Liliade, pendant que les mal-heurs venans affaillir leur conftance, ny trouuent que des poictrines toutes à l'épreuue de leurs attaques.

Neantmoins ie penfe que les raifons d'Eftat, fecondées de celles que vous empruntez de la conjoncture de vos affaires, auront entierement feché toutes les larmes que la iuftice aura voulu arracher de vos yeux; & que V. A. auront efté rauies de faire triompher encore vn coup vos courages de l'efperance que vos ennemis auoient eu de les faire efchoüer à ce dernier efcueil, tant afin de faire voir aux injuftes perfecuteurs de voftre innocence, que vos cœurs font les veritables efcueils des trauerfes: & qu'on ne fçauroit vous ataquer, que pour rougir de l'auoir entrepris; que pour conuaincre vos tyrans de leur propre injuftice, par l'impuiffance qu'ils ont & qu'ils auront de vous faire fuccomber à aucune lâcheté.

En effet, Meffeigneurs, apres ce dernier coup qu'vne for-

tune enragée vient ce femble d'affener de toutes fes forces,
pour ietter le defefpoir d'aucune bonne refource dans la
maifon de Condé, c'eft à dire, dans la fource des Heros. Il
n'eft point d'ennemy, quelque enragé qu'il foit contre
voftre valeur, qui ne iuge quelle n'eft incapable que de
faire des lâchetez, puifque les mal heurs qui font ordinairement ployer les plus fermes, ne font pas feulement en eftat
de faire des efforts qui puiffent laiffer des marques par
lefquelles on reconnoiffe qu'ils vous ont attaquez.

Cette fermeté d'efprit eft encore d'autant plus eftonnante,
que plus elle femble deuoir eftre incompatible avec les
reffentimens que la reconoiffance exige de toutes les tendreffes qui ne font pas entierement derefonnables ; Car de
croire que la nouuelle de la mort de celle qui poffedoit fi
iuftement vos cœurs, vous ayt efté portée fans vous laiffer
dans le déplaifir de fa perte ; ie fçay que ie ne le dois pas,
par la feule confideration de cette mefme generofité qui
s'appelleroit endurciffement, fi toutesfois elle eftoit à l'é-
preuue de toute forte de fenfibilité ; comme on la nomme-
roit baffeffe ou pamoifon de cœur fi les déplaifirs la faifoient
tomber dans vn excez de reffentiment, & qui pour cette
raifon doit tenir le milieu, afin que se partageant à l'vn &
à l'autre auec moderation, elle emporte la qualité de tendreffe, non moins heroïque que raifonnable.

C'eft celle-là qui a fi dextrement mefnagé toutes les
paffions de V. A. dans cette rude conionêture, que le mefme
vifage qui vous a fait paroiftre tous inuincibles par la fermeté inébranlable de fa premiere pofture, a neantmoins fait

voir affez clairement que c'eftoit vn triomphe de la force de
vos efprits, qui ne permettoiët pas à leurs reffentimens de
fe produire dans l'apparence, pour fe rendre plus heroïques,
en empefchant toutes leurs faillies, & qui vouloient dérober
à vos ennemis le plaifir de vous voir affligez, fans neantmoins empefcher le cours des iuftes reffentimens, dont vous
eftes redeuables à la plus illuftre & la vertueufe mere du
monde.

l'emprunte ce fuffrage tant de la verité que du confente-
ment mefme de vos ennemys, qui ne pouuoient conccuoir
vne haine generale pour toute voftre Maifon, pendant qu'ils
y confideroient l'aimant de tous les cœurs, & qu'ils faifoient
refleétion que cette heroïque Princeffe, voftre defunéte
mere, faifoit du lieu de fa demeure l'hoftel de toutes les
plus éclatantes vertus.

Il n'eft que ceux qui ne font point inftruiéts de la fidelité
inuiolable qu'elle a gardée à fes Souuerains, du refpeét
qu'elle a toufiours porté à leurs Majeftez, de la proteétion
dont elle a toufiours fauorifé les miferes du pauure peuple,
de la pitié qui faifoit fes plus douces tendreffes, & de cette
inuincible patience avec laquelle elle a toufiours receu les
traiéts de fa mauuaife fortune, il n'eft dis-ie que ces ignorans qui puiffent me dementir, quand ie dis que cette grande
Princeffe, ce feul refte de l'illuftre maifon de Montmorency,
eftoit l'honneur de toute la Cour Françoife & l'ornement le
plus éclatant du cercle de toutes nos plus illuftres héroïnes.

Il eft vray que cét illuftre Soleil de nos plus beaux iours
s'eft éclipfé en veuë de voftre defaftre, & que le déplaifir de

vous voir fi outrageufement traittez, ne luy a pas permis de
furuiure à la plus vifible injuftice du monde. C'eft auffi ce
qui me fait dire, qu'ayant refifté à la perte d'un frere, & à
l'imprifonnement d'vn mary, il a falu neceffairement qu'elle
ayt remarqué quelque chofe de plus inique dans la tyrannie
de voftre détention, puis que les forces qui auoient efté à
l'épreuue de ces premieres attaques, ont enfin fuccombé; &
qu'ayant furuécu à l'emprifonnement d'vn mari, & à la
perte d'vn frere, elle n'a feulement peu confiderer le danger
de trois de fes enfans fans mourir.

Ie m'emporterois maintenant pour detefter le mauuais
gouuernement de l'Eftat, fi la refleâion que ie fais que
cette mort animera les plus affoupis pour venger voftre que-
relle, ne me faifoit efperer de la generofité de fes Manes
glorieux, qu'ils viendront fe reueftir d'vne nuë pour paroiftre à la tefte des enfans d'Ifraël, c'eft à dire de tous les
plus fideles fubjets de l'Eftat, afin d'aller brifer ces injuftes
fers qui captiuent vos libertez, & redonner à la France les
veritables zelateurs du progrez des affaires de fa Monarchie.

C'eft fur cette penfée que toute la France fe confole auec
vous de la perte d'vne fi grande Princeffe, & qu'elle croit
que fa mort doit feruir d'éuidence à l'injuftice de ceux qui
perfecutent l'innocence de vos ALTESSES, pour leur faire
detefter le deffein criminel de leurs premieres pourfuites, &
les obliger de rendre à la iouïffance de nos plus iuftes defirs,
les veritables images de celle qu'ils ont égorgée par la feule
refleâion du mauuais traittement que vous en auez receu :
cela n'arriuera iamais que trop tard pour la perte de celuy

que tous les gens de bien deteſtent, pour la iuſtification de voſtre innocence, & pour les reſſentimens particuliers de celuy qui eſt pardeſſus tous les hommes du monde,

DE VOS ALTESSES,

Le tres-humble ſeruiteur

H. M. D. M.

LE SIEGE
MIS DEVANT LE
PONTEAV DE MER : PAR
l'ordre du duc de Longueville.

Que le Gouverneur & les habitans du lieu ont fait
lever.

Le *Te Deum* chanté pour la ratification de la paix
avec l'Empire :

Et ce qui s'eſt n'aguéres paſſé à la Cour.

 E doux charme duquel me
flate depuis peu de temps,
l'eſpérance de la Paix, l'a-
greable fruict de noſtre Con-
férãce, m'a fait reſſembler à
cette pie de Plutarque qui
demeura huit jours müette
à méditer le ſon de la trom-
pete d'vn triumphe : Mais
tandis que je me diſpoſe à faire part de cette joye à tout le
monde, auſſi toſt qu'elle ſera accomplie, ſi ne faut il pas
vous taire entiérement ce qui ſe paſſe de plus mémorable

en cefte Cour. Où, comme Leurs Majeftez receurent il y a quelque temps, les triftes nouvelles de la barbarie que la Chambre baffe du Parlement d'Angleterre a exercée fur la perfonne facrée de fon Roy, dont j'ay pris fujet de m'informer plus au vray de toutes fes circonftances, pour vous donner le plus tard que je pourray dans fon eftenduë vne fi facheufe nouvelle, laquelle a efté receuë par Leurs Majeftez, avec l'indignation qu'elle méritoit :

Ainfi furent-elles grandement réjoüies par la ratification de la paix d'entre l'Empire & la France, fignée de l'Empéreur, & de l'efchange des inftruments de cette Paix fait entre les Plenipotentiaires de ces deux grandes Couronnes : lefquelles par ce moyen demeurent plus affectionnées l'vne envers l'autre qu'elles nont jamais efté ennemies.

En réjoüiffance de laquelle bonne nouvelle, qui vrayfemblablement nous en va bien produire d'autres, Leurs Majeftez en firent folemnellement chanter le *Te Deum,* dans la Chapelle de ce Chafteau de Saint Germain en Laye, le 2 de ce mois, fur les 4 heures apres midi, en leur préfence & de fon Alteffe Royale, de Mademoifelle, du Prince & de la Princeffe de Condé, de Son Eminence, des Ambaffadeurs de Portugal, de Venife & de Savoye, du Chancelier de France, de plufieurs Archévefques & Evefques, entre lefquels celui d'Aire pontificalement veftu fit les cérémonies de cette action, où affiftérent auffi les Secretaires d'Eftat, & plufieurs autres Seigneurs du Confeil & de cette Cour : La cérémonie ayant efté fermée par vne mufique martiale de fifres, de trompettes & de tambours, qui difoyent aux Efpagnols qu'ils euffent à choifir ou de nous donner matiére d'en faire autant en bref pour leur fujet, ou de les employer bien-toft apres pour continüer fur eux nos victoires.

Le jour précédent, premier de ce mois, le Comte de faint Aignan parut devant Leurs Majeftez à la tefte de trois cens Gentilshommes par luy affemblez au tour de chez foy, de Poitou, Berry, Solongne & Bléfois, en quatre efcadrons de gens d'armes & deux de fuzeliers : le premier des gens d'armes commandé par ce Comte, qui tenoit la droite : le fecond, par le fieur de Mareüil, qui eftoit à la gauche : le troifiéme, par le fieur de Bays : le quatriéme, par le fieur de Courbouzon-Houques : comme les fufiliers, par des anciens Officiers : le fieur de Corbet y faifant la charge de Marefchal de bataille : tous des mieux montez & au meilleur équipage qu'on euft pû fouhaiter : qui vinrent offrir leur fervice au Roy en la Compagnie de ce Comte, Députe pour la No-bleffe du Blézois à la convocation des Eftats généraux de ce Royaume.

Le mefme jour, le fieur Zobel, Gentilhomme envoyé en cette Cour par la Landgrave de Heffe-Caffel, eut de leurs Majeftez fon audiance de congé, avec tous les tefmoignages de la grande fatisfaction qu'elles ont de cette vertüeufe Prin-ceffe : laquelle, non contante d'avoir par vne conftance fans exemple, nonobftant les promeffes & les menaces des enne-mis, & les grandes pertes que la guerre a caufé en fes païs, perfifté jufques à la conclufion d'vne paix glorieufe dans l'alliance de cette Couronne, leur a encor envoyé offrir toutes fes troupes pour réduire fes fujets à la raifon, s'ils ne préférent les bonnes graces de Leurs Majeftez, à la qualité de rebelles.

Le quatriéme, les Députez du Parlement commancérent leur Conférance à Rüel, avec ceux du Confeil du Roy, pour l'accommodement des affaires : Duquel pourparler chacun eut d'abord vne fi bonne opinion, qui continuë encor à préfent, que le Roy eftant allé vifiter ce jour là fon Imprimerie, eftablie dans l'vn des appartemens de fon Orangerie de ce lieu de Saint Germain en Laye, & Sa Majefté felon l'inclination qu'elle a à toutes les belles inventions, ayant voulu faire imprimer quelque chofe, ne fe trouvant rien lors qui euft vn fens complet pour luy dóner ce divertiffement, fans l'ennuyer par trop de longueur, celui à qui Leurs Majeftez ont donné la dirrection de cette Imprimerie dicta fur le cháp quelques vers faits fur le fujet de cette heureufe & inopinée venuë, qui furent auffi promptemét imprimez : D'vne partie defquels les Courtizans ayans eu plufieurs exemplaires, je ne vous les repétéray point, mais vous feray feulement part de l'autre, que leur impatience laiffa fous la preffe.

> *J'accepte cet augure en faveur de l'Hiftoire,*
> *Qu'à l'inftant que Paris fe met à la raifon,*
> *Mon Prince vifitant fa Royale maifon,*
> *Va fournir de fujet aux outils de fa gloire.*
> *Embraffez-vous François : Efpagnols à genoux*
> *Pour recevoir la loy : car la Paix eft chez nous.*

Enfuite dequoi, ce Prince élevé par fon fage Gouverneur le Marefchal de Villeroy (là préfent avec le Sieur de Ville-quier Lieutenant général en fes armées & Capitaine de fes Gardes, le fieur de Bellingham Premier Efcuyer, le Comte de Nogent Capitaine des gardes de la Porte, & plufieurs autres Seigneurs & Gentilshommes de fa Cour) & inftruit en toutes les vertus Royales, fur tout en la libéralité, qui en eft la principalle, recompenfa plus magnifiquement le travail d'vn quart d'heure de fes Imprimeurs que celuy de huit jours ne l'éuft efté par d'autres.

Quelques jours auparavant le Marefchal de Rantzau fut icy arrefté par ordre du Roy, dont l'on n'a pas trouvé à propos de publier encor le fujet.

La levée du fiége de Ponteau de mer invefti par huit
cens hommes de pied & quatre cens Chevaux
du Duc de Longueville.

C'Eft quelque chofe de fe bien deffendre : mais quand la valeur fe trouve en des bourgeois dont on ne l'atten-doit pas quand des gens non aguerris & qui ne s'attendoiët à rien moins qu'à quitter leur trafic pour prendre les armes, s'en acquittent auffi bien que s'ils eftoient de longue main expérimentez au fait de la guerre, c'eft plus de loüange, & vn tefmoignage qu'on ne peut deformais douter de leur affection envers leur Prince. Ce que vous allez aprendre des habitans de Ponteau de mer, ville de Normandie n'aguéres réduite au fervice du Roy par le Comte d'Har-court.

Tandis que ce Prince fe maintenoit dans cette Province, par la réputation de fon courage & de fa conduite jointe au refpeɛt qu'imprime le parti Royal dans les cœurs du party contraire, qui ont empefché le Duc de Longueville de prendre aucun avantage fur luy, bien que le renfort qu'il attendoit ne l'euft pas encor joint comme il a fait depuis, à fçavoir le fixiéme de ce mois.

Le fieur de Chamboy Capitaine Lieutenant de la compagnie des gens-d'armes du Duc de Longueville ayant choifi la nuiɛt du deux au troifiefme de ce mois pour n'eftre point aperceu au deffein qu'il avoit d'attaquer cette ville de Ponteau de mer, il s'y rendit des la pointe du jour du troifiefme à la tefte de quatre cens Chevaux & de huiɛt cens hommes de pied.

Auffi-toft qu'il fut arrivé il fit fommer le fieur de Folleville Marefchal de camp, que le Comte d'Harcourt y a laiffé pour commander, de lui rendre la place, & voyant qu'il ne luy refpondoit pas à fon gré, le fit fommer vne feconde fois : à laquelle fommation ce Gouverneur luy ayant refpondu à coups de moufquet, ledit fieur de Chamboy logea fon infanterie dans le faux-bourg, & fit ataquer les premiéres barricades, mais ce Gouverneur eftant forti avec foixante & dix foldats du régiment qu'il commançoit à lever, il leur dit, *Compagnons, fi vous voulez que je vous croye capables de fervir le Roy, comme vous me l'avez tous affeuré, il me faut montrer icy ce que vous fçavez faire : de quoy vous voyez bien que j'ay bonne opinion, veu que je me mets à voftre tefte, fans vous avoir veu encor l'épée à la main.*

Paroles, qui animérent tellement ces nouveaux foldats, qu'ils fe jettérent à corps perdu fur les ennemis, en tüérent quinze ou vingt fur la place, & donnérent la chaffe au refte.

Toutefois cette difgrace n'empefcha pas que le fieur de Chamboy, voulant tenir parole au Duc de Longueville, ne fift encore quelques attaques en d'autres lieux : mais ils furent fi bien repouffez par les bourgeois du lieu, defquels ils penfoyent avoir meilleur marché, qu'ils n'avoyent eu des premiers, que le grand feu que firent ces braves habitans, de leurs murailles & de leurs barricades, contraignirent ledit fieur de Chamboy & toute fon infanterie & cavalerie, qui avoit mis pied à terre, à fe retirer côme auparavant, & ceux cy à remonter fur leurs chevaux, pour fe fauver avec plus de diligence : non fans quelque honte d'avoir fait battre par des bourgeois, des troupes enrollées, en vn fi grand nombre contre vn régiment non encore parfait, les prémiers ayans particuliérement donné des marques de leur fidélité & affection au fervice du Roy, & le Comte d'Harcourt n'ayant point efté obligé pour fecourir cette ville là de quiter fon quartier de la Haye Malerbe, d'où l'on nous a efcrit ces nouvelles le cinquiefme de ce mois.

Imprimé à Saint Germain en Laye, le dixième Mars 1649.
Avec Privilége du Roy.

LE

CONGE
BVRLESQVE
DE L'ARMEE
NORMANDE.

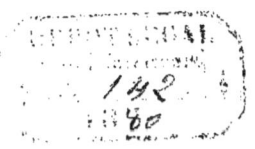

Iouxte la copie Imprimée à Roüen.

M. DC. XLIX.

LE
CONGE
BVRLESQVE
DE L'ARMEE
NORMANDE.

 N fin la Paix *eſt de retour :*
Adieu donc Trompette & Tambour,
Adieu braue Caualerie,
Adieu troupes d'Infanterie,
Adieu la Guerre & ſes outils,
Adieu piſtolets & fuſils,
Adieu mouſquets & bandoulieres,
Adieu piques, Adieu rapieres,
Adieu Cornettes & Drappeaux,
Adieu les plumes des chappeaux,

Adieu manchons, adieu mitaines,
Ornements de nos Capitaines,
Adieu drilles, adieu cadets,
Adieu tant Maiſtres que Valets,
Adieu canapſas & bougettes,
Adieu chariots & charettes,
Adieu tout ce grand appareil
Qui n'eut iamais rien de pareil,
Adieu l'honneur de Normandie,
Son Alteſſe vous congedie,
Et vous donne licence à tous
D'aller boire du ſildre doux.
Sus donc partez, pliez bagage,
Chacun retourne en ſon village,
Défilez & quittez vos rangs,
Retirez-vous chez vos parents,
Ou ſi vous regrettez la guerre,
Allez conquerir l'Angleterre,
Et ſi l'on vous dit, Qui va-là,
De grace, amis, Demeurez là.

Vous mignons de dame Bellonne,
Seul appuy de cette Couronne,
Plus nobles de cœur que de ſang,
Pour tenir touſiours voſtre rang,
Sortez les premiers ie vous prie,
Et d'auoir ſeruir la patrie
Allez vous vanter au logis,
Dites que les champs ſont rougis

Du sang versé par vos espées ;
Que les Cesars ny les Pompées
N'ont rien eu d'égal à vos bras,
Que ce qu'on escrit de Coutras,
D'Yvry, d'Arques & Cerisoles,
Ne sont que des discours friuoles,
Et que vous paroissiez plus beaux
Quand vous fustes à Moulineaux :
Vantez-vous d'auoir fait merueilles,
Et d'auoir rompu nos oreilles
Par la bouche de vos Canons ;
Que vos qualitez et vos noms
Seront bien auant dans l'Histoire,
Que le papier & l'écritoire
Vont doresnauant rencherir
Pour vous empescher de mourir.

   Cadets, enfans de la débauche,
Qui tourniez à droit & à gauche
Auèc la pique & le mousquet,
Que chacun face son paquet,
Ie suis las d'aller aux reueuës
Et de vous heurter par les ruës,
Vous auez, pour le dire net,
La teste trop pres du bonnet,
Vos Commandeurs vous licentient,
Tous nos Fauxbourgs vous remercient,
Et n'ont iamais veu, sans railler,
Iardiniers si bien trauailler,

Ny d'inſtrumens de tant de ſortes
Pour abattre & rompre des portes.
   Drilles, vrays morpions de Mars,
Ignorans de tous autres Arts,
Vieilles reliques de bataille,
Où vous ne fiſtes rien qui vaille,
Allez éplucher au Soleil
Vos poux ennemis du ſommeil,
Et que là, vous chauffant la tripe,
Auec vn petit bout de pipe
On vous voye embaumer les ſeus
De cette herbe, qu'au lieu d'encens
Iadis Vrgande & Meluſine
Offroient à Dame Proſerpine.
   Sergents, jadis ſimples Records,
Qui preniez les hommes au corps,
Ou ſi vous n'eſtiez de pratique,
Qui trauaillez à la boutique,
Chacun retourne à ſon meſtier
De Chincher ou de Sauetier,
Ou, ſans vous attendre à la poule,
Allez joüer vn tour de boule,
Et de là, droit au cabaret,
Non de vin blanc ou de clairet,
C'eſt trop pour voſtre gibbeciere,
Mais faites Gogaille à la bierre,
Et vous battez à coups de pot
Pour vn denier de ſubrecot.

Vous Tambours, Fiffres, & Trompettes,
Attendez les Marionnettes
Ou le retour de l'Elephant :
Laiſſez en repos le Marchand,
Ceſſez vos baons & bouteſelles,
Remettez le cul ſur vos ſelles,
I'entends ſelles de Cordonnier
Faites de vray cœur de pommier :
Enfin pour changer tous de note,
Retournez ſiffler la linotte,
Ou ſi vous mépriſez ce ſoing,
Allez faire du bruit plus loing.

F I N.

LA PRISE
PAR ASSAUT DE
LA VILLE DE QVILLEBEVF

En Normandie.

Avec la réduction en l'obeïſſance du Roy, de celle de Ponteau-de mer, en la meſme Province :

Par le Comte d'Harcourt.

Omme il y a des choſes dont la croyance eſt difficile : il y en a d'autres qui s'inſinuënt preſque d'elles-meſmes, quelques extraordinaires qu'elles ſoyent. Ainſi, avec de la cavalerie ſeule prendre d'aſſaut Quillebeuf puiſſamment retranché, que ſon importance a fait envier de la pluſpart des favoris, ſembleroit incroyable : mais il ceſſe de l'eſtre, quand on aprend que ç'a eſté par le courage & la conduite du meſme General, qui força, contre toute aparence, les iſles de Sainte Margue-

rite & Saint Honorat, avec beaucoup moins d'hommes que les Efpagnols n'en avoyent pour les défendre : Qui remporta vne victoire navale devant Génes fur les mefmes ennemis : Qui combatit avantageufement avec fept mille foldats le marquis de Léganez accompagné de vingt mille, à la Route en Piedmont : força & deffit avec la mefme inégalité de troupes ce Géneral dans fes lignes de Cazal : prit en fuite Turin avec vn nombre d'hommes encor moindre que n'eftoyēt les affiegez, en prefence d'vne armée ennemie double à la fienne, & qui a fait tant d'autres exploits dont nos hiftoires font pleines.

Le Comte d'Harcourt s'eftant rendu pres du Roy le 6 du paffé à Saint Germain en Laye, comme ont fait tous les autres Princes, Seigneurs, Officiers de la Couronne, & autres qui ont facrifié ce qu'ils doivent à la confervation de l'authorité Royale, contre les entreprifes faites à fon préjudice, apres avoir commandé les troupes du Roy durant quelques jours à Saint Cloud, fut envoyé par Leurfd. Majeftez dans la Normandie. Mais les habitans de Roüen s'eftans dédits de l'obeïffance qu'ils avoyent envoyée ratifier de nouveau à Leurs Majeftez 8 jours auparavant, & luy ayans refufé l'entrée dans ladite ville : Ce Prince à qui les difficultez ne fervent qu'à éguifer fon courage & affermir fa conftance, n'abandōna point les environs de Roüen, bien qu'il fuft en des quartiers ouverts accompagné feulement de 200 Chevaux du régiment du Duc de la Meilleraye, qu'en mefme temps le fieur de Chamboy Lieutenant de la compagnie de genf-d'armes du Duc de Longueville, fuft entré dans Roüen avec 400 Maiftres, & que ce Duc y fuft en perfonne affifté de quelques autres troupes.

Toutefois n'ayant pû attirer les ennemis au combat, le fieur de la Ferté Imbaut Lieutenant general, ne luy eut pas pluftoft amené vn renfort de deux regimens de cavalerie Alemande des Colonels de Bambak & Ravanelle, qu'il penfa quelle entreprife plus génereufe il pourroit faire dans ces quartiers-là pour le fervice du Roy.

Il ne trouva point de place à la prife de laquelle les ennemis fe puffent moins attendre qu'à celle de Quillebeuf, tant pour la longueur du chemin, cette ville eftant éloignée de plus de 15 lieuës du lieu où il eftoit lors qu'il en forma le deffein, que pour la difficulté de l'entreprife, nul ne fe pouvant imaginer que l'on penfaft à prendre vne place fans infanterie.

Il fçavoit d'ailleurs que le Duc de Longueville y affembloit vn régimẽt de fantaffins & deux compagnies de cavalerie : Que cette place de Quillebeuf, outre les fortes barricades & retranchemens que ce Duc y avoit fait faire, fe fortifioit de jour en jour par fes ordres, pour tenir par ce moyen puiffamment en bride la ville de Roüen : ne pouvant rien entrer par mer qu'il n'aille moüiller l'ancre fous cette ville de Quillebeuf. Et enfin ce Prince cherchant pafture à fon courage, & quelque fujet de chaftier vne partie des rebelles, pour ramener le refte à fon devoir, faifant en forte que la punition s'eftendift fur peu de perfonnes, & que la terreur de leur chaftiment en parvint à plufieurs ; il ne jugea point de lieu plus propre à cét effet que cette ville là : la-

quelle tant dans fon enceinte, que dans fes fauxbourgs, ne
contenoit qu'environ 400 feux : Car ce Géneral eut cela de
commun en cette action avec tous les grands hommes, que
fa refolution ne fut pas pluftoft prife, que la mefurant à la
grandeur de fon zele, & à la bonne volonté de fes troupes,
il fe propofa la chofe comme faite.

Pour y parvenir ce Prince fe rendit le neufiefme de ce
mois en la ville du Pont de l'arche, avec fes trois régimens
groffis d'vn efcadron de cavalerie compofé d'vne partie des
Gentilshommes de la Province de Normandie, qui n'ont
point encor effacé de leur cœur les fleurs de Lis, faifant 60
Maiftres cõmandez par le Marquis de Montlévrier, le tout
fe montant par ce moyen à 800 Chevaux. Il vint de là
coucher le lendemain 10 au bourg de Boutroude : l'11, à
celui de Mõtfort : le douziéme il fit mine de vouloir attaquer
la ville du Ponteau-de mer, à 3 lieuës dudit Quillebeuf : Et
pour faire croire fa feinte efcrivit aux habitans de cette ville
là, qu'ils euffent à lui envoyer des Députez avec les clefs de
la place, pour l'affeurer de l'ouverture de leurs portes & de
leur obeïffance au fervice du Roy. Et afin d'accompagner fes
paroles des effets, 6 heures apres, à fçavoir fur les 5 heures
apres midi du mefme jour douziefme, il fit fonner le boute-
felle : Et lors qu'il commançoit fa marche de ce cofté là,
4 Députez du Ponteau-de mer lui vinrent faire leur harangue
affez éloquente & pleine de proteftations génerales de leur
obeyffance au Roy. Mais ne venans point au particulier,
qui eftoit d'offrir leurs clefs : le Comte d'Harcourt leur dit,
Meffieurs voftre harangue eft fort belle, il ne refte plus que

de me refpondre fi vous ouvrirez vos portes quand je voudray y entrer : A quoy l'vn d'eux répondit, *Qu'il n'en donnoit aucune affeurance :* Ce qui obligea ce Comte à leur commander de le fuivre pour voir ce qu'il alloit faire, & ayant côtinüé fa marche jufqu'à vne lieuë du Ponteau de mer, prit à droite du cofté de Quillebeuf, d'où aprochant avec fa cavalerie, entre vne & deux heures apres minuit du 13, il fit mettre pied à terre à demie lieuë de la place à vne partie de fes cavaliers, difpofant ainfi fes attaques.

Le fieur de Roncerolles ancien Marefchal de camp, eut la principale qui eftoit celle du milieu : Le Comte de Clere auffi Marefchal de camp, eut celle de la main droite : Et le fieur de Bougy ayant mefme charge, celle de la gauche.

A la premiere attaque eftoit vn Marefchal des logis du régiment du duc de la Meilleraye, avec 15 Maiftres à pied qui fervoyent d'enfans perdus, fouftenus par vn Lieutenant du mefme régiment, accompagné de trente Maiftres, encore fouftenus par le Marquis de Renel avec 60 Maiftres : Ledit fieur de Roncerolles, ayant avec luy pour Marefchal de bataille le fieur de Guittare, & pour Aide de camp le fieur du May : où eftoyent auffi les fieurs de Vieux-Pont Lieutenant Colonel du régiment de Loraine, & d'Orfigni Ventelet Efcuyer ordinaire de la grande efcurie du Roy. L'attaque de la main droite avoit mefme nombre & difpofition d'Officiers & cavaliers du régiment de Bambak, où eftoit le fieur de Bouquetot Capitaine au régiment de Champagne : comme auffi celle de main gauche du régiment de Ravenelle, qui avoit le fieur de Coulange Capitaine au mefme régiment,

& Lieutenant Colonel de celui du Comte d'Harcourt : toutes
ces attaques fouſtenuës par ledit Comte de Harcourt & le
ſieur de la Ferté-Imbault, ayans avec eux les ſieurs de Heudicourt & de Folleville Mareſchaux de camp, les ſieurs
Poignan Mareſchal de bataille, Capitaine des gardes du
Comte de Harcourt, Poulozi auſſi Mareſchal de bataille,
Saint Aman & Bournonville Aides de camp : Fourrille Capitaine Lieutenant de la compagnie de Chevaux legers du
Comte de Harcourt, Matharel Capitaine de Normandie :
Villeneuve, de Navarre : Damas, du régiment de Rambure,
& autres volõtaires. L'aĉtion commença ainſi ſur les deux
heures apres minuit.

Les 3 attaques eſtans parties à meſme temps, celle de
Roncerolles paſſa la premiere baricade qui fut abãdon-
née par les ennemis pour eſtre trop éloignée des
autres. Enſuite de quoy les enfans perdus, fouſtenus
comme j'ay dit, s'eſtans avancez à la ſeconde baricade, y
fouffrirent la décharge à bruſle pourpoint de 60 mouſque-
taires qui la gardoyent, outre celles qui leur eſtoyent faites
par des fuzeliers qui avoyent percé les maiſons à droite &
à gauche, deſquelles ils tuerent ou bleſſerẽt 15 des attaquans,
mais entr'eux nul Officier, ny perſonne de conſideration.
Ce qui obligea neantmoins les principaux de ſe mettre à la
teſte de tout, encor que les ennemis fiſſent vne ſeconde
deſcharge. Pendant que les autres attaques s'avançoyent
chacune de ſon coſté : celle de Clere ayant rencontré vn
retranchement de 9 pieds de profond ſur autant de large,
avec vn parapet derriere couvert de paniers remplis de terre,

d'où les ennemis faifoyent grand feu, comme auffi de 3 moulins à vent, voifins de ce retranchement : le Comte d'Harcourt pour encourager & animer d'autant plus les fiens, mit pied à terre, & s'avançant fur le bord du retranchement, comme fit auffi le fieur de la Ferté Imbault Lieutenant géneral, ils donnerent tel courage aux leurs par cét exemple, affiftez des fieurs de Folleville & de Heudicourt, qu'ils forcerent ce retranchement, cependant que le fieur de Bougy par fon attaque forçoit auffi le fauxbourg à la gauche : De forte que ceux qui eftoient attaquez par le millieu fe voyans prefts d'eftre coupez par la droite & par la gauche, & contraints par la violence de l'attaque, ne penferent plus qu'à leur retraite : qui ne fe put faire fi promptement que ceux du régiment du Duc de la Meilleraye, cõmãdé par le fieur de Marfagne, qui fouftenoit vigoureufement cette attaque avec le refte du mefme Corps, ne leur tüaffent plufieurs hõmes, & pouffans leur pointe au delà de ces barricades, allerent tefte baiffée à la grande de la ville, qui n'avoit point encor efté attaquée, affiftez de ceux des 2 autres attaques, qui apres avoir forcé les ennemis chacune de fon cofté, fe vinrent joindre. Ce qui fit que les attaquez voyans les noftres accrus en nombre, & marchans comme des lions, tous glorieux du fuccez des premieres attaques, diminüérent en cette ci beaucoup de la premiere vigueur qui avoit paru aux autres.

Ils ne laifférent pas toutefois de fe deffendre demi quart d'heure, & tüerent encor quelques-vns des attaquans : Mais enfin nos victorieux paffans fur le ventre de tout ce qui reſtoit en armes & qui leur faiſoit teſte, donnerent juſques dans la ville : dans laquelle le ſieur de Campigni, que le Duc de Longueville avoit envoyé dans la place pour y commander, n'eut pas le temps de ſe retirer, apres avoir deffendu les dehors, mais s'eſtant jetté dans vne Egliſe, à gauche de la barricade de la ville, qui eſt cette principalle dont je vous ay parlé, il y fut forcé par le ſieur de Bougi, lequel le fit priſonnier avec deux de ſes enfans portans les armes & pluſieurs autres.

Le pillage, qui fut donné enſuite, fit bien-toſt oublier aux vainqueurs leurs travaux paſſez : auſſi fut-il conſiderable dans vne place qui ſervoit de retraite à pluſieurs maiſons de la campagne, parmi lequel ſe ſont trouvez 40 chevaux ſellez & bridez, avec les piſtolets deſtinez pour monter vne partie de la cavalerie que le Duc de Longueville y levoit : On y a auſſi pris trois drapeaux pour l'infanterie qui s'y enroloit, & quantité de fuzils & autres armes.

Ce fait, le Comte d'Harcourt, pour les faire ſervir d'exemple, comme il a eſté dit, fit mettre le feu dans cette ville là, qui bruſla toutes ſes maiſons & celles de ſes fauxbourgs : la pluſpart des gens de guerre & des habitans qui avoyent eſchapé la fureur des armes s'eſtans noyez dans la Seine, qui ſe dégorge là dans la mer : ſans qu'en cette priſe, en laquelle la Nobleſſe de la province ſe ſignala, nous ayons eu que trente hõmes tüez ou bleſſez, l'vn de ceux-ci pres du Comte d'Harcourt, & le ſieur de Heudicourt ſon cheval tüé ſous lui.

Cette execution, qui ne dura que cinq heures, ne fut pas

pluftoft faite, que des les fept heures du matin le Comte
d'Harcourt envoyâ l'vn des Deputez du Ponteau-de mer
vers fes côcitoyens, le chargeât de leur exprimer, avec la
mefme éloquence dont il s'eftoit fervi envers lui, les mal-
heurs qui eftoyent inévitables à tous les fujets du Roy qui
demeuroyent dans la defobeïffâce : & le piteux fpeɗacle que
ce Deputé avoit veu, anima tellement fon bien dire, que les
bourgeois du Ponteau-de mer le renvoyerent au devant de
ce Prince, qu'il trouva en chemin, pour l'affeurer de l'ouverture de leur ville & de leur entiere fidelité au fervice du
Roy, le prians de leur accorder pour Gouverneur le fieur
de Folleville, et qu'ils ne fuffent point mal-traittez. Ce
Prince, felon fa courtoifie naturelle, ne leur accorda pas
feulement l'vn & l'autre, leur envoyant de fon armée le
fieur de Folleville, accompagné du fieur Talon, pour les
affeurer de l'entherinement de leur requefte, & leur faire
renouveller le ferment de fidelité au Roy, qu'ils preftérent
avec grandes acclamations de joye, mais encor il fe contenta
de paffer au milieu de leur ville fans y féjourner, bien qu'ils
l'en priaffent inftamment.

A S. Germain en Laye, le 21 Février 1649. Avec Privilége.

RELATION
VÉRITABLE
DE CE QVI S'EST PASSÉ
A LA PRISE DE LA VILLE DE
HARFLEVR
PRES LE HAVRE PAR
l'Armée de Monseigneur le Duc de
LONGVEVILLE.
ENSEMBLE LA LISTE DE
tous les Officiers de son armée.

A PARIS,
Chez NICOLAS DE LA VIGNE,
prés Sainct Hilaire.
M. DC. XLIX.
AVEC PERMISSION.

RELATION

VERITABLE DE CE QVI S'EST

paſſé à la priſe de la ville de Harfleur pres le Haure par l'Armée de Monſeigneur le Duc de Longueuille.

ENSEMBLE LA LISTE DE

tous les Officiers de ſon Armée.

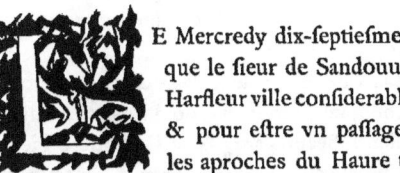 E Mercredy dix-ſeptieſme Mars, on apprit que le ſieur de Sandouuille alloit loger à Harfleur ville conſiderable pour ſes foſſez, & pour eſtre vn paſſage neceſſaire pour les aproches du Haure tant à cauſe de ſa ſituation ſur la riuiere de Seine du coſté du Midy, de Montiuillier au ſeptentrion de Roüen au leuant, & du Haure au couchant, du gouuernement duquel ledit Harfleur deſpend.

Le ſieur de Sandouuille auoit quarante à cinquante cheuaux, le gouuerneur du Haure donna ordre que la Compagnie du ſieur du Parc allaſt ſe ietter dans Harfleur aſſiſté des ſieurs de Liſle & Preboys Lieutenant & Enſeigne, &

des nommez Lefpine & des Sauoyrs Sergents. On croyoit que les Bourgeois de Harfleur fouftiendroient & empefcheroient l'entrée du fieur de Sandouuille que Monfieur de Longueuille enuoyoit, mais on ne fçauoit pas que les fieurs du Bocault & de Saint Valle y venoient auec deux mille hommes pour fe faifir de ce pofte auancé & confiderable pour la ville du Haure :

Le Samedy vingtiefme le fieur Boilefevre Capitaine du Regiment d'infanterie du fieur du Bocault, fit fommer Harfleur de receuoir leurs troupes, autrement qu'il ne leur dōneroit aucun quartier, les habitans capitulerent & cependant enuoyerent au haure aduertir de ce qui fe paffoit.

On tint confeil de guerre, & on iugea à propos d'enuoyer du fecours parce qu'il feroit honteux qu'vne ville defpendante du gouuernement du Haure, & à la portée du canon de fa Citadelle fut prife fans du moins tefmoigner qu'on eftoit en eftat de ne rien craindre.

On tira donc de la ville et Citadelle deux cents cinquante hommes fous la conduite des fieurs de Beauplan, Iaffac Capitaines, & les fieurs Beauregard, & la Guillotiere Lieutenãts, mais eftans proches de Harfleur ayant defcouuert quelque Caualerie, l'efpouuante les faifit, & fe ietterent dans le Marets auec telle confufion & defordre qu'ils ne peurent fe retirer au Haure qu'à dix heures du foir, il eft vray que la garnifon n'eftant entretenuë comme du temps du deffunct Cardinal, les Officiers qui y commandent font plutoft retirez dans ce lieu pour profiter de la vente du fel que pour fe mettre en eftat de feruir.

Le mefme iour fur les cinq heures du foir la compagnie du fieur du Parc fe rendit à difcretion, les foldats au nombre de hoctante furent menez au Chafteau de Tancaruille, & les Officiers à Roüen.

En fuite les compagnies de l'armée de Monfeigneur de Longueuille furent mifes dans le voifinage de Montiuiller, dont le fieur de Breteuille Frefquiennes, Gentilhomme de Monfeigneur de Longueuille, & Commiffaire general de fes troupes en ayant pris quelques vnes, alla affieger le Chafteau du fieur de Fontaines Martel fur Bollebec dans lequel il prit cinq pieces de Campagne lefquelles il fit conduire à Roüen le Mercredy vingt-quatriefme du Courant.

Le Mercredy la nuict qu'il eft forty quatre mille hõmes de Roüen par la porte Cauchaife, on apprendra auec le temps ce qu'ils auront entrepris. Le mefme iour on fit reueüe des troupes qui font aux Faux-bourgs de Roüen, dont les effectifs fe trouuent monter à cinq mille hommes fans comprendre ceux qui font fortis.

CAVALERIE.

Regiment de Monte rolier.

La Meftre de Camp.
Sainct Sere.
De Fonteny.
De Marfi.

Regiment d'Onnery.

La Meftre de Camp.
Le Sieur d'Amours.
De Clery.
De S. Sere.

Regiment d'Ozonuille.

La Meſtre de Camp.
Le Sieur de Martinuille.
De S. Iacques.
De l'Eſcluſelle.

Regiment de Monſieur de Longueuille.

Les ſieurs de Flauacourt.
De Laune.
De Fumechon.
La Couture.
De Bellegarde.
De Couruaudon.
De Montaymé.
De Reuuille.

Regiment de S. Vallery.

La Meſtre de Camp.
De Rozey.
Deſpinay.

Regiment du Bocaule.

La Meſtre de Camp.
De Ramert.
Nauarre.

Regiment de Laiſleuaux.

La Maiſtre de Camp.

Chambly.
Nointel.

Regiment de Ceſmenil.

La Meſtre de Camp.
Morinuille.
Beaufoſſé.
De Palme.

Regiment de S. Paul.

Le Cheualier de Rotelin.
Du Boſcroger.

Regiment d'Heſtot.

Le Marquis d'Heſtot.
Mongoubert.
De Tournebu.

Des Compagnies de caualerie des Sieurs de Seuigny.
Du Busc, Baudry, Bailly, de Longueuille.

Du Comte d'Arets.
De Ceſſeual.
D'Heudreuille.
Darmonuille.
Comte de Fieſque.
Cheualier deMontheureuil.
Du Freſney.

Compagnie de Madame de Longueuille, commandée par le sieur de S. Laurent.

INFANTERIE.

Regiment de S. Paul.

La Meftre de Camp d'Aluemont.
Belmenil.
La Granuille.
Defprez.
Du Monts.
Marette.
La Bucaille.
De Rille.
S. Clair.
Valleuille.

Regiment de Richebourg.

La Colonelle.
La Maiftre de Camp.
Grandual.
Hemericourt.
Deuaux.
S. Iacques.
Niuille.
Franqueuillette.
Beau-feiour.
Baron de Moüy.

Regiment de Dunois.

La Colonelle.
Du Crottoy.
Antieruille.
S. Germain.
Longuemare.
Gouual.
Gallie.
La Vallette.

Compagnie Efcoffoife.

Capitaine Michel.

Regiment de fainct Cyr.

La Colonelle.
La Meftre de Camp.
Beauregard.
Fidoubert.
Montroger.
Boudeauuille.
Marchaumont.
Chaumont.
Fournel.
Rofmenil.

Regiment de Fiefque.

La Colonelle.
La Meftre de Camp.
Douuille.

Premare.

Vieux Fumé.

De Laube.

Regiment de Bocault.

La Colonelle.

La Meſtre de Camp.

Villers.

Cloſbocher.

Saffeuille.

Viparc.

Aunel.

Du Porquet.

Boiſle-Fleure.

Compagnies Franches.

La Motte.

Villarets.

Plenoche.

Outre les Compagnies, tant de Cauallerie qu'Infanterie que l'on a iettez dans Eureux.

FIN.

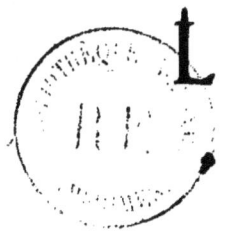
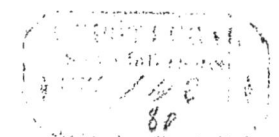

LETTRE

IOVIALE

preſentée aux

PRINCES,

POVR LEVR SORTIE

du Havre de Grace

En vers Burleſques.

A PARIS.

M. DC. LI.

Lettre Iouiale preſentée aux Princes, pour leur ſortie du Havre de Grace.

ESSIEVRS,
    Dieu vous doint le bon iour
A tous trois. Hier à mon retour
De Menetou, où Mariage
Cauſa de nous tous le voyage,
Ie ne fus pas ſi toſt entré
Que le bon Monſieur de Quindré
Me donne vne ſi belle Lettre
Qu'en riſme ie l'ay voulu mettre,
La teneur de cette Lettre eſt
Saint ſaint écoutez s'il vous plaiſt
Qu'au pluſtoſt Monſeigneur le Prince
Ira de Prouince en Prouince,

Sans Archers, Sergens ny Recors
Qui le tiennent faifi au corps ;
Pour luy donner pourpoinct de pierre
Qui trop depuis long-temps le ferre.
Car Vendredy dernier Gramond
Gallopant par plaine & par mont
Bien plus vifte qu'vne hirondelle
Ne fend les airs à tire d'aifle,
Va dire au Prince que bien-toft
Il pourroit libre manger roft,
Dans la ruë de la Huchette
Sans plus rien manger en cachette,
Comme il fait depuis treize mois
Qu'il fut emprifonné luy trois
(Ie voulois adjoufter, yefme
Mais l'autre vers n'eftoit de mefme)
Penfez vous, Meffieurs, que Condé
Ait ce bon Meffager grondé,
Non, certes ; mais vous deuez croire
Qu'il luy aura donné à boire,
Ie dis à boire de grand cœur
De la bonne & fine liqueur
Qu'on fert to⁹ les iours pour fa bouche,
Bien que liqueur fon cœur ne touche,
Son cœur eftant en mariffon
Qu'on luy ait appris fa leçon.
   Depuis ce prompt ennoy difcorde
A mis mal fans mifericorde

Monfieur le Duc d'Orleans ;
(Fins Frondeurs font logez leans !)
Auec Monfieur fon Eminence
Qui pert toute fa contenance,
Plus nyais qu'oyfeau de fainct Luc ;
Car au mefme temps ce grand Duc
Au Parlement fans point fe faindre
Eft allé contre luy fe plaindre,
Difant qu'il perdroit pluftoft l'œil
Que d'entrer iamais au Confeil
Tant que l'autre y prendroit feance,
Qu'il prioit toute l'Audience
De Noffeigneurs du Parlement
D'y mettre quelque Reglement.
Cette Iuftice Souueraine
Depute auffi-toft vers la Reyne
Monfieur le Premier Prefident,
Homme auffi hardy que prudent,
Qui luy dift fans efmotion,
Toute fa deputation.
Là deffus la Reyne en cholere
Se plaignit fort de fon Beau-Frere,
Difant qu'il eftoit abufé
Par le Frondeur par trop rufé,
Et fafché contre l'Eminence
Qui aime tant le bien de France.
Cependant tout le Parlement
Attendoit le retournement

De Molé l'incomparable homme,
Qui retourna, & dift en fomme
D'vn ton fort graue & fans raffis
Au grand Duc qui eftoit affis,
Qu'vne fecrette Conference
Se deuoit faire en affeurance,
Et qu'il vouloit qu'en l'affemblée
Cette affaire iugeaft d'emblée.
Alors chacun dift fon rollet
Le refultat n'en eft pas laid,
On conclud qu'à Reyne de France
On feroit humble remonftrance,
De vouloir que le Cardinal
Fuft circoncis, fans aucun mal,
De fon confeil ; vû que la fuitte
Fait voir fa mauuaife conduitte,
Et que Gafton par bon propos
Vouloit mettre France en repos,
Ne fouffrant plus que l'Italie
Donnaft tant de Melancholie.
Samedy dernier Champlaftreux
Plus lefte qu'vn ieune amoureux
Alla demander à la Reyne
(Par forme, à mon aduis, d'eftreine)
Vne lettre au petit Cachet
Pour tirer vifte du guichet
De Condé auec fes deux Freres,
Qui ja pieça tant de miferes,

Ont fouffert de Vincenne au bois :
(Car ils eftoient illec tous trois)
Puis à Marcouffy, & à l'heure
Au Haure où ils font leur demeure
Lieu où ils n'ont la liberté
D'y viure à leur commodité.
 De plus, fon bon homme de Pere
Le iour mefme eut bien de l'affaire,
Auec la Reyne le Vieillard
Tant caufa qu'il en difna tard,
Difnant & fouppant tout enfemble,
En verité le cœur me tremble
De voir qu'ainfi à tout propos
Il perde & repas & repos ;
Ne fçait-il pas que fa prudence
Eft le plus ferme appuy de France ?
Et que fon cœur qui ne s'abbat,
Depuis long-temps fouftient l'Eftat,
Que la France (mon cœur friffonne)
Perdroit tout perdant fa perfonne ?
 Meffieurs, cette reflexion
Vient de m'a feule affection
Qui m'a fait faire ce Chapitre,
Bien qu'il ne foit en mon Epiftre
Dont vous auez vû la teneur,
Si ce n'eft que le bon Seigneur
Qui me l'efcrit, encore n'ofe,
Se réjoüir bien fort à caufe

Que les Frondeurs ont procuré
Le bien du Prince defiré,
Quoy qu'ils paroiffent tous contraires
A luy & à Meffieurs fes Freres :
Qu'ainfi il n'ofe s'éjoüir
Iufqu'à ce qu'il puiffe joüir
Paifiblement de ce grand Prince
Que tant de monde mord & pince.
Dieu vous doint, Meffieurs, le bon iour,
Adieu iufqu'à voftre retour.

FIN.

LA
FVREVR
DES
NORMANS
CONTRE
LES MAZARINISTES.

A PARIS,

Chez Pierre Variqvet, ruë S. Iean de Latran
deuant le College Royal.

M. DC. XLIX.
AVEC PERMISSION.

AV LECTEVR.

Qviconque aime les Lys, aimera cet ouurage,
Qui les detestera, detestera l'Autheur,
Et qui veut des François se monstrer destructeur,
En lisant ce discours, il monstrera sa rage.

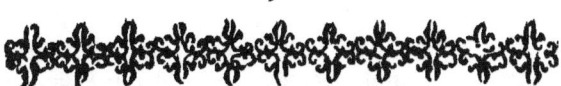

LA FVREVR DES NORMANS

contre les Mazarinistes.

 OSTRE Prouince defolée qui donnoit autrefois de l'enuie aux plus floriffans Royaumes, nos Villes defertes & deftruites qui portoient leur gloire auec leurs murailles iufques dans les Cieux; enfin l'oppreffion & les gemiffemens de tous les François, font de puiffans motifs pour reueiller en nos cœurs vne iufte fureur, qui chaffe la mifere de nos maifons, la tyrannie de noftre pays, & qui cherche le repos & la vie de toute la France dans la mort de tous fes ennemis. Cette noble fureur qui portoit autrefois la crainte dans les Prouinces, & le defefpoir de vaincre dans les cœurs de nos ennemis doit porter l'affeurance dans Paris, & dans toute la Frāce l'efperance de la victoire. Cette fureur qui nous a fait triompher dans l'Italie, nous fera triompher des Italiens. Cette fureur qui a arrefté les conqueftes des Grecs, qui les portoient iufques dans les Pays affuiettis aux Sainets Pontifes, arreftera le cours de nos miferes, & ira étoufer les deffeins des voleurs publics iufques dans leur fource. Cette fureur qui nous a

Normanni accenfis diuino quodam fpiritu acceptifq, à guaimaro oppidi principe armis, e-quifque tanta vi, tantoque impetu in Saracenos irruunt, vt plurimis peremptis reliquis in fugam verfis admirabili victoria potirentur Berthal. in floro Franc. lib. 3. cap. 3. Normanni cū Italicis aliquot cohortibus fretos immanibus copiis Græcos, qui Calabriam omnem Apuliamque S. Pontificibus ereptā inuaferant tribus ingentibus

præliis acie vincunt. Berthaldus in Floro Franc. lib. 3. cap. 3.
La Nobleſſe, & effets admirables de la fureur.

fait quitter le Nort, pour venir en France, qui a fait vn libre paſſage par tout à nos conqueſtes, fera quitter la France au Cardinal, & encore qu'il ſoit monté ſur ſon Eminence, nous le contraindrons de dire, *a furore Normanorum, libera me Domine.* Diuine fureur! tu es le repos des bons & la terreur des meſchans. C'eſt toy qui portes les vengeances de Dieu ſur les peruers. C'eſt toy qui as fait dire au Roy

Pſal. 6.

Dauid, *Domine ne in furore tuo arguas me.* C'eſt toy (s'il eſt permis de meſler les choſes profanes auec les diuines) qui animois Alexandre dans les combats, & qui luy donnant vne longue ſuitte de victoires, luy as donné vn Royaume qui n'auoit point d'autres bornes, que celles du monde entier. Puiſque tu es fille du Ciel, nous ſoupirons apres tes ardeurs, & nous faiſons gloire d'eſtre furieux, puiſque tu es le Soleil qui fais naiſtre les Palmes. Puiſque tu nous rends inuincibles, nous ferons monter nos victoires iuſques ſur ſon Eminence. Ton feu eſchaufant nos cœurs d'vn noble

Generoſité ſans intereſt.
Conſule cũctis nõ tibi, nec tua te moueant, ſed publica damna. Claud. ad honor.
Vt planè publicus parens in locum liberorũ adoptaſſe ſibi populum videretur Florus, lib. 10. cap. 9.

deſir de combatre, nous nous deſpoüillons de nos propres intereſts, comme d'vne chemiſe que nous auons portée il y a long-temps, pour nous reueſtir de ceux du public, comme d'vne robe Royale : Et nous quittons nos miſeres dans nos maiſons, comme vn fardeau ſous lequel nous gemiſſons il y a longtemps, pour aller chercher noſtre bon heur dans les combats, leſquels ont de plus fortes chaiſnes pour nous attirer, que nos familles pour nous retenir. Nous eſtoufons l'amour de nos maiſons dans vne genereuſe adoption de tout le Peuple de France, à l'exemple de ces deux Romains, dont l'vn ne vouloit point auoir d'autre qualité, que celle

5

de Pere public, & l'autre ayma mieux eftre pere cruel, que Côful indigne, & deffus le tombeau de fon propre fils, erigea vn trifte monument à la vengeance de fon pays, monftrant par cette aymable & genereufe cruauté, qu'il faut eftre cruel enuers foy mefme, pour ne l'eftre point enuers les autres : Et que pour donner tout à fait noftre affection à noftre Patrie, il faut oublier nos familles, & luy immoler nos enfans comme des victimes, puis qu'ils la partagent, & font vne partie de noftre cœur.

La Iuftice de noftre caufe accompagne ces nobles fenti-mens car fi nous prenons les armes, c'eft pour defendre la Iuftice, mefme de l'oppreffion d'vn Eftranger qui la veut deftruire, pour viure iniuftement : C'eft pour arracher la Paix à ce Miniftre d'Eftat, qui eft de la nature des vents qui ne peuuent fubfifter fans guerre, & regner dans la trã-quillité. C'eft pour affeurer la Couronne de noftre Roy, qui chancelle entre les mains du Chancelier, & la Vertu de noftre bonne Reyne, qui eft en danger aupres d'vn Miniftre. Sont les Eglifes pillées, Dieu foulé aux pieds, les Vierges innocentes violées par des barbares, qui attirẽt fur eux nos iuftes vengeances. Nous marchons donc fous les eftendarts de la Iuftice, & noftre generofité a d'affez fortes chaifnes, pour attirer toutes les autres vertus dans nos deffeins, puis qu'ils ne tendent qu'à chaffer de certains barbares qui ont vendu leur fang & leurs vies au Cardinal contre noftre Pa-trie. Outre cela, la nature nous donne des armes, & la

5

Exuit pa-trem, vt Con-fulem ageret, orbufque viue-re maluit, quam publicæ deeffe vindictæ Val Max. lib. 5. cap. 8.
Gnatos pa-ter ad pœnã pulchra pro li-bertate voca-bit.
Vincet amor patriæ laudum-que immenfa cupido.
Virgil. 6.
Iuftice de la fureur & de la guerre.
Apud veros Dei cultores bella non cu-piditate & cru-delitate, fed pa-cis ftudio ge-runtur, vt mali coërcean-tur, boni fub-leuentur. D. *Auguft. lib. de verb. Domini.*
Bellum eft iuftum, quod propter nobis captas, repeti-tas, & non ref-titutas res fuf-cipitur. *Liu. lib. 1.*
ἐν γὰρ τοῖς νόμοις ἐστὶν ἡ σωτηρία τῆς πόλεως.

Arist. Rhet.,
cap. 3.
Fortitudo
quæ per bella
tuetur à barba-
ris patriã, vel
defendit in-
firmos, vel à
latronibus fo-
cios. Plena ius-
titia eſt. *D.*
Ambr. offic.
Communis
vtilitatis dere-
lictio contra
naturam eſt.
Cic. 3. de Off.
Arma armis
irritantur.
Plin Paneg.
quam vtile eſt
ad vſum ſecun-
dorum per ad-
uerſa veniſſe.
Plin Paneg.
Egregij duces
plura conſilio,
quam vi præ-
fecerunt.
Tacit. 2. ann.
non minus eſt
Imperatoris cõ-
ſilio ſuperare,
quam gladio.
Cæſ. lib. 1.
bell. Ciuit.
Vita princi-
pis cenſura,
eaque perpe-
tua, ad hanc
conuertimur,
nec tam impe-
rio nobis opus

fureur qui nous eſt naturelle, nous fait embraſſer noſtre defenſe. *Furor arma miniſtrat.* Quoy, nous ne ſerions point furieux? lors qu'on veut changer la France en Barbarie? nous demeurerions dãs nos maiſons, lors qu'on les veut brûler. Enfin nous ne marcherions point ſur les pas de cét Heros, Monſieur de Longueuille, lequel ſacrifie ſa vie pour noſtre ſalut, & qui marchant ſur les dangers, veut nous conduire à la tranquillité.

Grand Prince, nous ſuiuons tes conſeils, qui ont plus merité de lauriers, que les armes des autres: Nous ſuiuons tes armes, que la prudence conduit.

Conſiliis belloque poteſt, quæ copula rara eſt.
Auſ. in epiſt.

Les cœurs les plus laſches apprennent à eſtre genereux par ton exemple, ils confondent heureuſement leurs volontez auec les tiennes, & les pouſſent à vne meſme fin, pour acquerir le meſme bonheur. Ta vie eſt vn Soleil qui les échauffe par ſes ardeurs: C'eſt vn bel œil qui les attire par ſes doux regards, les captiue pour leur donner la liberté. Ta preſence qui les rend ſans reſpect pour te voir, & t'inuo- quer dans leur miſere, ta prudence que les dangers reſpectent, les fait adorer vn eſprit vrayment diuin dans vn corps hu- main. Ouy, Noble Defenſeur des Roys, nous embraſſons

eſt, quam exemplo. *Plin Paneg.* Facere recte ciues ſuos Princeps optimus docet, cum imperio ſit maximus exemplo maior eſſe debet. *Vell. lib. 2.* Hoc veri Principis,
populos non imperio magis quàm ratione compeſcere, velociſſimi ſyeris inſtar omnia
inuiſere, omnia audire & vnde quaque inuocatum, velut numen adeſſe & adſiſtere.
Plin. Paneg.

ton Empire dans lequel nous trouuons vn ſingulier exemple de vertu ; & nous ſommes aſſez glorieux de te mettre ſur la teſte la Couronne que tous les Citoyens de Paris te donnent parce qu'ils rencontrent leur conſeruation dans ta generoſité, & dans la fureur que ton exemple allume dans nos cœurs, & que tes diſcours allumeront dauantage, car en apprenant la cruauté de nos ennemis, nous apprendrons à eſtre cruels enuers eux. Repreſentez donc, GRAND PRINCE, à toute la Normandie la miſere ſous laquelle ces barbares ont fait gemir toute la France, & nous pareillement nous chercherons de la generoſité dans la narration de nos malheurs.

Nullum ornamentum principis faſtigio dignius, quam illa corona ob ciues ſeruatos. Senec. de clem. Εὐκλεισατόν ἐστιν οὐ τὸ πολλοὺς τῶν πολίτων ἀναιρεῖν, ἀλλὰ τὸ πολλοὺς τῶν πολίτων σώζειν δυνάσθαι. Dio. nic. in Aug.

DIALOGVE

DE Mᵣ DE LONGVEVILLE,

& de la Normandie, fur les miferes de la France,
pour exciter la fureur.

Mᴿ DE LONGVEVILLE.

ILS *efpuifent d'or les Prouinces,*
  Farciffent leur auidité,
Ne laiffans par tout mefme aux Princes
Que la feule mendicité.
  Pluton auecques fes richeffes,
Eft feul objet de leurs careffes ;
Et Themis ne parle iamais :
Car on la traitte comme folle,
Et en luy oftant le palais
On luy fait perdre la parole.

LA NORMANDIE.

Il eft vray que les mefchans montent toufiours à la felicité par deffus les ruïnes de la Iuftice, car elle prefcrit des
bornes à leurs paffions & captiue leurs defirs qui volent
iufques à la Royauté & leur infolence cherche à s'enrichir

dans la pauureté des autres, & n'a pas fi toft fait vn larcin, qu'elle en medite vn autre, & fe perdant dans le monde dans des entreprifes infinies ; qui apportent la fin à toutes chofes, marche toufiours iufquès dans l'enfer.

Auidis
natura parû eft.
Senec. Herc.
Oct.

Mᴿ DE LONGVEVILLE.

On voit la Iuftice abaiffée
Sous la Fortune & les deftins,
Et fe voit expirant baifée
De ces infames affaffins :
La Fortune ayant la Viƈoire,
Sur fa mort eftablit fa gloire,
Et fe voit mille Adorateurs,
Qui femblent n'eftre dans la Vie
Que pour en eftre Deftruƈeurs,
Et fouler de fang leur enuie.

Ils ruinent les Champs & les Villes ;
On voit vn pauure Laboureur
Vendre iufques à ces lentilles
Pour fatiffaire à vn voleur :
Ce n'eft pas pour luy qu'il trauaille,
C'eft pour fouler cette canaille ;
Et aujourd'hui s'il a du pain,
Sans efpoir de mifericorde,
Pour n'eftre pas pery de faim,
Il eft affuré de la corde.

LA NORMANDIE.

Helas nous auons iufques-à prefent donné tout ce qui nous pouuoit conferuer la vie à ceux qui ne viuoiët que pour nous faire mourir, mais nous tafcherons d'affurer noftre vie aupres de leurs tombeaux, & de renuerfer leurs deffeins pernicieux, quoy qu'ils tafchent de les couronner de la Couronne Royale ; & nous mettrons ces cruels en Enfer, qui en nous rauiffant nos richeffes ont mis dans noftre riche Prouince le Purgatoire.

Mᴿ DE LONGVEVILLE.

On voit des hommes fans figure,
Haus, maigres, languiffans,
Et fans aucune nourriture
Mourir cruellement viuans ;
Leurs regards donnent de la crainte,
Leur voix finit dedans la plainte,
Et la cruauté de leur fort
Leur fait des ieux hydeux & fombres,
Et mefme on voit pâlir la mort
Quand elle approche de ces ombres.

LA NORMANDIE.

O nomen dulce liberta- tis. Cic. in ver. Apres ces cruautez qui n'ont point d'exemple parmy les Barbares, fi le defir naturel de conferuer noftre vie & noftre liberté nous fait prendre les armes, fon Eminence nous appelle rebelles : nous voulons acheter noſtre Roy au prix de noſtre ſang, & chaſſer vn Tyran, qui embraſſe le Sceptre Royal, pour l'attirer dans ſa ruine, on nomme cela rebellion. Si l'on donnoit vn gouuernement au Cardinal, qui ne peut pas ſe gouuerner ſoy-meſme, pour le recompenſer du mal qu'il nous a fait ſouffrir. Si on luy faiſoit preſent de la France, nous ne ſerions point rebelles, ces malicieuſes accuſations excitent noſtre fureur & attirent nos vengeances ſur luy ; mais nous eſperons qu'il veut faire penitence : car ce bon Miniſtre d'Eſtat a fait de nos Villages, Bourgs & Villes, autrefois riches & bien peuplées, des vaſtes & affreux deſerts.

Omnes homines naturâ libertati ſtudent, & conditionem ſeruitutis oderunt. Cæſ. 3. comm.

Mʀ DE LONGVEVILLE.

Leur cruauté va dans l'Egliſe,
Cette chaſte fille des Cieux
Se voit cruellement ſoubmiſe
A l'impiété de leurs vœux :
Ses chans ne charment plus l'ouye,
On voit vne ſainĉte pluye
Baigner ſes yeux & ſes Autels :
Pour ſe venger verſant des larmes,
Beniſt ſainĉtement ces cruels,
Dont elle reçoit ces alarmes.

On voit chargé de Benefices,
Et ſous vne Mitre en repos,

Vn afne embourbé dans les vices,
Qui fçait mentir bien à propos.
On voit des cheuaux de carroffes,
Courbez fous le poids de leurs croffes :
Pourquoy trauailler nuiȼ & iour ?
Puis qu'vne once de bonne mine
A plus de poids dedans la Cour
Que deux cent liures de doȼrine.

LA NORMANDIE.

Au lieu de faire chanter les Preftres, ils les font pleurer, & le Cardinal croit eftre affez eminent pour abaiffer fous

Monfieur le Coadiuteur de Paris pere temporel & fpirituel du Peuple.

fon Eminence, & condamner aux fupplices vn Prelat, qui a efté affez genereux pour ne la point flater dans fes crimes, qui, parce qu'il tafche tous les iours à reparer par la perte

Son merite l'a fait nommer Archeuefque de Corinthe.

de fes biens la perte de noftre Roy & de nos fortunes, merite l'erain de Corinthe pour grauer fes actions, & les donner à la pofterité, comme des vertus que les Anciens n'ont pas connuës. Si fes confeils euffent rencontré vn autre efprit que celuy du Cardinal, qui eft naturellement ennemy des bons, nous ne verrions point à regret tous nos Princes facrifier leurs vies à l'ambition de ce Tyran, & adorer fa fortune que leurs mains empefchent de choir ; & qui portent vn bras pour la fouftenir, & l'autre pour la refpecter. Si fon Eminence auoit vn peu moins de fuperbe & plus de prudence, il verroit que ceux qui donnent des ailes à fes

Inuidos facit fortuna.
Senec.

paffions, ne le peuuent regarder voler iufques aux throfnes fans enuie ; & que la main qui le fouftient le peut laiffer tomber. GRAND GENIE quitte pour vn moment ta fortune & abaisse tes considerations sur la misere qui t'attend au pied du throsne, où loge ton Eminence. Si les Princes te portent, c'est dans le precipice, s'ils t'eleuent bien-haut, c'est afin que ta cheute soit plus dangereuse ; qu'est-ce qui les pourroit attacher si estroittement aupres de ta personne pour te garder, & oppofer à nostre iuste fureur, le Roy, comme vn rempart inuiolable ? seroit-ce l'esperance de la gloire ? Ils sçauent fort bien, que la generosité degenere, quand elle conçoit des desseins contre la Patrie, & les acheuant cesse d'estre vertu, & ne merite pas la gloire, qui suit les grands courages dans le tombeau, & les fait viure heureusement mesme dans le sein de la mort. Si les Cesars eussent cherché la misere de Rome dans les combats, & n'eussent esté genereux qu'à destruire leur pays, ou leurs noms seroient enseuelis dans l'obscurité du silence, ou en sortiroient seulement auec infamie.

Cette pensée me fait deplorer le sort de cet Heros, Monsieur de Chastillon, lequel ayant prouoqué l'Espagne à donner à son merite vne mort glorieuse, n'a peu l'obtenir par vn genereux mespris de la vie, mais l'est venu chercher dans vn fidele seruice rendu à Monsieur le Prince de Condé, & l'a enfin rencontrée dans vne parfaite obeïssance. Ah, grand courage, il falloit estre moins genereux pour trouuer vn glorieux tombeau dans la Flandre, ta vertu a trouué du respect dans la haine qu'elle te portoit, ton courage luy a rauy le courage, de t'oster vne vie, qui luy donnoit la mort, & de faire voler d'vn coup de canon ta teste & ton nom

Imperium habentibus nihil medium inter præcipitia aut summa.
Tat. 2. hist.

Digression sur la mort de Monsieur de Chastillon, dont les nobles sentimens excitent la fureur.
Nihil grauius se ferre fortes viri dictitant, quam cum inter fortissimos viros mori non ad vitæ iucunditatem, sed ad ludibrium calamitatis.
Iust. lib. 19.

dans les Cieux. Cette cruelle a remporté vne plus illuſtre victoire en te reſpeſtant, qu'en te pourſuiuant, car elle ſçauoit qu'au milieu de ſes pourſuittes, & de ſa cruauté, tu mourois comme le Phenix au milieu des palmes. Que te reſtoit-il, apres auoir cherché tant de fois dans les combats vne playe d'où ſortiſt auec ton ſang ta gloire, & celle de ton païs ? Apres que les ennemis de la France l'ont refuſée à tes vœux ou par crainte ou par reſpeſt, il a fallu que ta foy te fiſt mourir, puis que ta generoſité te rendoit immortel. Ah, tu deuois eſtre moins fidele, pour eſtre moins

Apologie de M. de Chaſtillon.

cruel enuers toy & ta Patrie. Mais que diſie ? tu as partagé ta fidelité à ton Prince & à tõ païs : tu as porté les armes contre elle pour ſatisfaire à ſon ennemy, & dans cette ſatisfaſtion tu as cherché la mort, parce que tu ſçauois que tes cendres troubleroient les ennemis du repos public, & que tu emporterois leur bon-heur & leurs victoires dans le tombeau. Tu ſçauois qu'en tombant, ton païs regarderoit tomber leurs pernicieux deſſeins, qu'en t'emportant dans le Chaſteau de Vincennes, ils emporteroient toutes leurs forces; & enfin en t'enſeueliſſant ils enſeueliront toutes leurs eſperances.

C'eſt vn traiſt d'vne prudence conſommée, que de contenter deux partis contraires. Monſieur de Chaſtillon marchant contre ſa Patrie, faiſoit marcher les deſſeins de ſes ennemis bien loin; & portant les armes contre elle, portoit leurs eſperances iuſques à ſa ruine ; mais auſſi en mourant il a teſmoigné qu'il luy eſtoit plus glorieux de la laiſſer triompher de ſa mort, que d'éleuer de ſon debris vn monument à l'ambition de fes ennemis : car il eftimoit que c'eftoit vn malheur que de vaincre & de ne vaincre pas, & qu'il falloit aller chercher le trefpas & l'embrafler comme fon bon-heur au milieu de ces deux extremitez, qui parta-geoient mutuellement fon cœur, & qui ne pouuoient luy prefenter vn bien fans vn mal, & luy donner la victoire fans le déplaifir d'auoir vaincu : toutesfois il eft allé au combat, car fa foy l'y engageoit ; il y a laiffé la vie, parce que l'amour qu'il portoit à fa Patrie ne pouuoit fouffrir qu'il l'employaft contre celle qui luy auoit liberalement donnée. Cecy paroift euidemment dans les bons fentimens, qu'il eftouffoit dens l'obeïffance qui l'attachoit au feruice du Prince de Condé, & qu'il a fait paroiftre auec vn éclat vn peu auant mourir, femblable à ces flambeaux qui iettent plus de lumiere au poinct qu'ils fe confument, & à ces cygnes qui femblent attirer la mort par les charmes de leurs chant, & l'appeller à haute voix.

Miferum eft ciuili vincere bello. Lucan. lib. 7. Omnia funt in bellis ciuilibus mife-ra, fed nihil miferius, quam ipfa victoria. Cic. lib. 4. ep. 9.
Calamitofum eft cum eo con-fligere, qui e-iufdem gen-tis. Xiphil. in Antonin.

Cette approbation, que la Iuftice de noftre guerre a arra-chée à nos ennemis, doit infpirer du courage à la lafcheté mefme, & nous rendre furieux, puifque nos ennemis con-feffent, que nous le ferons iuftement : Il ne faut pas que la temerité triomphe dauantage de noftre lafcheté, elle a ietté defia tout fon feu, & croyant auoir vne generofité accom-pagnée de bonheur, elle reconnoift qu'elle a vne folie accompagnée de malheur, & ayant comme certains petits animaux ietté fon aiguillon, deuient lafche & fans vigueur.

Temeritas præterquam ftulta eft etiam infelix. Liu. lib. 22. Vbi primû impetum effu-dit, ficut quæ-dam animalia amiffo aculeo torpet. Curt. lib. 3.

Paris, attend donc ta victoire de noftre iufte Fureur, nous portons les Efperances de la France auec nos Armes,

& nous fommes affez glorieux de pouuoir vaincre auec toy. Nos forces vnies arracheront des Palmes à l'Enuie, & l'approbation de nos deffeins à la Fortune, & noftre colere legitime trouuera parmy les Nations, & la pofterité, des Admirateurs fans imitation, & non pas des Imitateurs fans admiration, & nous ouurant vn chemin à la gloire, nous conduira heureufement à la tranquillité.

Galli virtute belli omnibus gentibus præferuntur, quippe per infaniã pugnant ad gloriã Cæfar. in Com.

FIN.

APOLOGIE
PARTICVLIÈRE
POVR MONSIEVR LE DVC
DE LONGVEVILLE,

OV IL EST TRAITE DES SERVICES

que *ſa Maison, & ſa Personne ont rendus à l'Eſtat,*
tant pour la Guerre que pour la Paix.

AVEC LA RESPONCE AVX IMPVTATIONS

.calomnieuſes de ſes ennemis.

Par vn Gentil-homme Breton.

AVERTISSEMENT.

IL n'eſt pas meſſeant aux Gentils-hommes d'eſcrire, puis que Ceſar a manié d'vne main l'eſpée & la plume ; comme Charlemagne & François I. n'ont pas tenu à moindre gloire de paſſer pour Proteƈteurs des belles Lettres, que pour conquerans des Prouinces. Ils eſtoient ſçauans & genereux tout enſemble ; & aujourd'huy, les Nobles ont tort de ceder aux roturiers les auantages de l'eſprit qui ſont les plus hauts, pource qu'ils ſubſiſtent, où les autres paſſent. Ie ne ſuis pas capable de me faire connoiſtre par des écrits ; mais i'ay trop de paſſion pour l'inno-cence d'vn Prince, pour la laiſſer impunement calomnier. Vous verrez icy beaucoup de choſes empruntées des ſieurs de Sainte Marthe pour la Genealogie de la Maiſon de Longueville, pource qu'ils ont fait deuant moy, ce que i'euſſe fait deuant eux, s'ils euſſent trauaillé apres moy ; & dans l'Hiſtoire Generale que ie prepare pour la Maiſon de ce Prince, i'eſpere faire voir que i'ay puiſé dans les Originaux plus que dans les Copies. Au reſte apres auoir fait icy l'Apologie d'vn Prince, dont les grandes aƈtions ont merité des Panegyriques, & le iuſtifient aſſez, ie feray bien-toſt la Cenſure de quelques autres, qui viuent moins en Grands, qu'en penſionaires de la Faueur, & qui s'eſtant ſeruis du peuple pour s'eleuer, ne ſongent plus qu'à l'abattre à l'extremité protegeant ſon capital ennemy. Pour conclusion vous ne vous eſtonnerez pas, qu'eſ-criuant en vn pays étranger, ie ne parle pas delicatement la langue Françoiſe ; & que des Flamands trauaillant ſur ma coppie, ie vous ſupplie de croire que leurs fautes ne ſont pas les mienne, mais qu'elle n'ont pas moins beſoin de correƈtion que ſi ie les auois faites. Les habiles n'ont pas beſoin d'obſeruation ; mais ſouuent les ignorants ont faute de com-plaiſance. Durant l'impreſſion de cét ouurage on a transferré les Princes de Vincennes, à Marcoucy, mais comme ils n'en ſont pas moins priſon-niers, ie ne parle que de leur premier ſeiour, qui n'ayant eſté fait que pour les delices de nos Roys, eſt deuenu le tombeau viuant des Heros A Dieu.

APOLOGIE

PARTICVLIÈRE POVR
MONSIEVR LE DVC
DE LONGVEVILLE,
OU IL EST TRAITE DES SERVICES

que fa Maifon, & fa Perfonne ont rendus à l'Eftat,
tant pour la Guerre que pour la Paix.

AVEC LA RESPONCE AVX IMPVTATIONS

calomnieufes de fes ennemis.

I.
Dangereufes maximes de la Politique Italienne.

L y a plus d'vn fiecle que la Politique Italienne a donné pour maxime au bon gouuernement, qu'elle deftruit penfant l'eftablir fur des fondemens ruineux ; que les Souuerains peuuent faire des coupables alors qu'ils n'en trouuent pas, & qu'il fuffit de perdre les Grands de quelque façon que ce foit, pour les perdre toufiours auecque raifon.

Machiauel.

II.
Iniurieufe au Roy.

Elle s'eft encor plus rafinée de noftre temps, & ayant en main l'education d'vn jeune Prince, dont elle voudroit bien

Le cardinal Mazarin Sur-

faire vn Tyran, pour eftre vn inftrument propre à fes def- Intendant du gouuerne-ment du Roy.
feins violens; Elle ne fe contente pas de luy faire prendre
fur des foupçons friuoles pour criminels d'Eftat, ceux qui
n'ont fait que ce beau peché de s'eftre tant de fois immolez
pour le feruice de la Couronne, mais encor elle veut que la
vertu fouffre les peines deuëes au crime.

III.
Fauorable aux crimes d'vn Miniftre intereffé.

On pouroit penfer par là que les fauoris recherchent l'im-
punité des excez quils ont commis; Car les fautes les plus
enormes feront deformais affurées contre les Loix, fi celles
cy ne deployët leur pouuoir que contre les actions heroy-
ques. Enfin ceux qui veulent ruyner la France en feront
bien recompenfez, puis qu'on perfecute à outrance ceux qui
l'ont conferuée, & répandu volontiers pour elle l'augufte
fang qu'ils en tiennent.

IV.
Que la Pro-vidence ne la fouffrira pas long temps.

Il n'y a pourtant pas d'apparance que le Ciel qui a fauué
l'Eftat des vfurpations des Huns, des Goths, des Sarrazins,
des Anglois, & des Efpagnols, l'abandonne pour iamais à
la difcretion d'vn Tyranneau de Sicile. Il n'y a pas d'apparance que la Veufue & le Fils de Louys le Iufte fouffrent
toufiours vne inique domination; & fi le fexe de l'vne, &
l'aage de l'autre fe laiffent pour vn temps furprendre, vne
Majorité relevera tous les defauts d'vne Adminiftration
Mineure, qui n'a jamais efté fans foibleffes.

V.
L'innocence pâtir, mais elle fera cou-rönée.

Cependant les Innocents ne laiffent pas de pâtir où les
coupables triomphët. Vn homme declaré Perturbateur du
repos public par vn des plus fages Senats du monde, eft
l'Arbitre du gouuernemët, & le Generaliffime de nos armées,
pendant que trois Princes qui n'ont fait de mal que celuy

Arreft du Parlement de Paris donné côtre le Car-dinal Mazarin.

qu'on s'imagine qu'ils pouuoient faire ; & qui ont mieux reüſſi pour le biĕ de l'Eſtat que la faueur n'euſt voulu, ſont enfermez dans vn Donjon, ou pluſtoſt dans vn Cachot à Vincennes.

VI.
L'honneur des Princes eſt trop éclattant pour eſtre obſcurcy.

Mais ſi leurs perſonnes ſont oppreſſées, il ne faut pas que leur hŏneur ſouffre ; Il a paru trop éclatant pour eſtre obſcurcy par les noires couleurs de la calŏnie, ou par les tenebres d'vne priſŏ. Ce ſont des Lyons enchaiſnez, mais leur reputation vole par tout. Tout ce qu'il y a de grand dans la France, ſi la corruption ne l'empeſche d'eſtre Frãçois, fait au fonds du cœur leur Apologie, & la cenſure de leurs calomniateurs. Le peuple meſme eſt deſabuſe des mauuais ſētimens qu'il auoit temerairement conceus, quand il void que ceux qui choquoient l'Ennemy commun ſont ſans liberté, & que ceux que l'Ennemy commun auoit autrefois empriſonnez ou bannis, portent lâchement ſes intereſts particuliers contre le bien public.

Les Duc de Vendoſme & de Beaufort.

VII.
L'Eſpée & la Plume les ont bien défendus.

Dauantage les meilleures plumes de France ont ſecondé l'Eſpée des Princes pour les defendre ; & ont creu qu'il ne falloit que repreſenter leur vie paſſee pour iuſtifier la preſente. En effet les bons deſſeins ne ſe peuuĕt mieux prouuer que par les bonnes executions ; & les vaines coniectures ſe deſtruiſent par des actions euidentes. En vn mot chacun comprend aſſez que ceux qui veulent ruiner un Eſtat, tachĕt touſiours de rendre ſuſpects ceux qui l'ayant bien appuyé peuuent l'empeſcher de tomber.

VIII.
On doit pourtant encor vne

Il ſemble donc ſuperflu de remanier foiblement vn ſuiet que tant de puiſſans Genies ont ſi dignement traitté. C'eſt

Apologie à
Monfieur le
Duc de Lon-
gue-ville.

faire tort à la verité de s'empreſſer trop à l'eſtablir, comme
c'eſt refuter les fauſſetez que de les produire. Ie croy pourtant rendre vn ſeruice particulier à la France, entreprenãt
vne deffence à part pour Monfieur le Duc de Longueville,
dont la maiſon & la perſonne luy en ont rendu de ſi grands,
ſoit pour la guerre, ſoit pour la paix.

IX.
Il n'eſt pas
Prince à n'eſ-
tre juſtifié,
qu'en parlant
d'autruy.

Ce n'eſt pas que ie veüille diuiſer les intereſts des Princes,
que le Sang & l'Alliance ont ſi eſtroitement vnis. Les
loüanges leur feront touſiours communes ainſi que les
peines. Mais chacũ meritant des Eloges infinis, chacun auſſi
doit auoir ſon Apologie particuliere, & Monfieur le Duc de
Longueville n'eſt pas Prince dõt on ne doiue parler qu'en
paſſant, & comme en parlant d'autruy. Au reſte la flatterie
ne s'intereſſera point dans mon deſſein, puis qu'elle ne
s'adreſſe gueres aux Heros mal'heureux, & que d'ailleurs je
parle d'vn Prince dont je n'ay pas l'honneur d'auoir de ſpe-
cialle connoiſſance, que celle que la grandeur·de ſa naiſſance
& de ſes actions en peut donner à tous les François.

X.
Il faut voir
les proſperitez
de ſa maiſon
deuant confi-
derer ſes mal
heurs.

Mais voyons ſes proſperitez deuant que venir à ſes mal-
heurs, & remontons aux autres ſiecles pour deſcendre au
noſtre. Ce détour allegera en quelque façon nos regrets en
diuertiſſant noſtre imagination ; Et par ce que luy & ſes
predeceſeurs ont merité, on verra mieux ce qu'ils ne meri-
toient pas. Apres auoir tiré leur Eloge des Hiſtoires autẽ-
tiques, & de la bouche meſme de leurs enuieux, comme nos
ennemis eſtrangers, nous reſpondront aux imputations de
quelques Miniſtres, qui ſõt aujourd'huy nos ennemis domeſtiques.

XI.
Souche Royale de la Maison de Longueville.

La Branche d'Orleans qui a donné fix Roys à la France, & poffedé la Couronne prés de cent ans, eut pour Chef Louys de France Duc d'Orleans, fecond fils de Charles VI. & de la Reine Ieanne de Bourbon. Ce Prince fort illuftre en fa vie, quoy que malheureux en fa mort, a fait de grandes faveurs à la France, luy donnant en fa pofterité vn Louis XII. le Pere du peuple, & vn Frãçois premier le Pere des belles lettres, que par vne alliance affez rare, il marioit toufiours aux Armes. Mais on peut dire que Louys d'Orleãs n'obligea guere moins la France en luy donnãt vn Reftaurateur, qu'en luy donnant des Monarques.

Il fuft affafiné à l'inftigatiõ du Duc Ieã de Borgongne 1407. Monftrelet 1 vol. Iean Iuuenal des Vrfins. Alain Chartier.

XII.
Qui a pour chef Iean d'Orléans comte de Dunois, &c.

Ie parle de fon Fils Iean d'Orleans Comte de Dunois, & de Longueville, à l'Efpée duquel Charles VII. fembla deuoir fa Couronne cõme tout ce Royaume luy doit fon affranchifement de la feruitude Angloife. Ce Prince donna dés fon bas âge de fi haute marques d'vn naturel genereux, que Valentine de Milan Fille de Iean Galeas Duc de Milã, & d'Ifabelle de France Fille du Roy Iean, ayant eu beaucoup d'enfans du Duc d'Orleans fon mary, ne mettoit nulle differẽce entr'eux & Iean, qu'elle voyoit volõtiers, & vn Archeuefque de Rheims qui viuoit en ce fiecle là, dit qu'entre les regrets les plus fenfibles qu'elle eut à la fin, l'vn fuft de voir la mort de fon Efpoux impunie; & l'autre qu'on luy eut rauy fon cher Iean d'Orleans, qui de tous les fils du defunĉt, luy fembloit *le mieux taillé à vanger le funefte deceds de fon pere.* Cette Princeffe montroit par là que le merite du Prince dont nous parlons, luy auoit fait vne Mere d'vne Maraftre; & qu'on ne luy pouuoit difputer le droiĉt glorieux

Iean Iuuenal des Vrfins, en l'an 1408.

Ce font les termes de l'Hiftoire.

d'eftre du fang de France, veu que celle qui eftoit la plus intereffée à le debatre pour fa famille, le luy accordoit volontairement.

XIII.
La fortune feconde fa naiffance par vn mariage auantageux.

La grandeur de la naiffance de Iean fut fuiuie des faueurs de la fortune, qui en la perfonne de ce Prince fembla fe reconcilier à l'honneur & à la vertu. En effect, comme apres la mort de fon pere, qui le laiffa Orfelin de quatre ans, & celle de Valentine qui auoit vn foin égal de fon inftitution, & de fon auancement à la Cour; il fe trouua comme abandonné de tout le monde; la prouidence qui n'a iamais vne protection mediocre pour les grands Hommes, permit qu'vne des Colónes de l'Eftat voulut s'apuyer fur l'Alliance de Iean, qui auoit befoin d'appuy. Ie parle de Iean Louuet Prefident de Prouence, qui auoit eu beaucoup de part au Gouuernement, & qui s'y maintient feul, mefme apres que Taneguy du Chaftel s'en fut retiré. Il donna donc fa Fille à ce Prince qui le protegea toûiours, l'accompagna iufques en Auignon en fuitte de fa difgrace, & luy fit voir qu'il n'auoit pas aymé fes richeffes, mais fa perfonne. L'Hiftoire remarque auffi que ce Prefident, contre la coûtume de ceux qui n'ayment pas à decheoir apres s'eftre éleuez auec beaucoup de peine, fe retira content de la Cour, tant pource qu'il y laiffoit vn gendre qui en deuoit eftre l'ornement, que pource que n'ayant trouué que dangers dans vne vie publique, il ne trouuait que repos & que feureté dans vne condition priuee.

Chartier Vieille Chronique en fuitte de l'Hiftoire de Iean Iuuenal des Vrfins.

XIV.
Le coup d'effay du Comte

Au refte comme Iean d'Orleans en efpoufant la Fille de ce Grand Miniftre en auoit receu de groffe fommes d'argent,

leõ d'Orleans, ce fuſt le ſe- cours de Mon- targis, & la défaite des Anglois.

il ſe reſolut d'employer pour l'Eſtat vn threſor qui eſtoit venu de la liberalité du Roy, & de prodiguer ſa vie & ſon bien pour le reſtabliſſement de la Monarchie, ſachant bien qu'il feroit par là vn fondement inébranlable à ſa Maiſon. L'occaſion ne manqua point à vne ſi belle reſolution, l'An- glois ayant deſia pris vne moitié de la France, & pourſuiuant l'autre ; & le Roy ne cherchant qu'à donner de l'emploi à ceux qui pouuoient luy rendre vne partie de ſa Couronne. Le coup d'eſſay de Iean fuſt le ſecours de Montargis que les ennemis auoient eſtroittement aſſiegé, & la défaitte de leur armée ſous les Comtes de Waruik, & de Suffolk, qui enflez de leurs victoires paſſées, croyoient tout emporter, & ſe virent pourtant vaincus par vn ieune Prince. Enfin, auec ſeize cens hommes, il en defit plus de trois mille bien retran- chez. Ce n'eſt pas le grand monde, mais le grand cœur triomphe dans les armes.

Des Vrſins, Monſtrelet, Belleforeſt Ni. Gilles &c.

XV. Le Comte de- fend Orléans auec la pucelle Ieanne.

Ce bon ſuccez l'enhardit à ſouſtenir le long & violent ſiege d'Orleans formé par la plus grande armée que l'Angle- terre eut iamais enuoyée en France ; & toutefois auec dix- ſept cens ſoldats d'élite, Iean ſauua vne place dont le Comte de Clermont, fils du Duc de Bourbon, n'auoit oſé entre- prendre la deffence. Il ne ſe contenta pas de la ſauuer, il détruiſit encor le Camp ennemi par le fer & par le feu : bref, il fit perdre ſix mille hommes aux Anglois, outre leur meilleur Chef le Comte de Saliſbery, ſans qu'il y periſt de noſtre coſté que cent hommes. Cette place conſeruée em- peſcha la ruine abſoluë de la France ; & quoy qu'on en attribuë vne partie de la gloire à la valeur miraculeuſe de la

Pucelle ; cette diuine Fille confeſſoit pourtant, qu'elle en deuoit ceder l'auantage à celle du Comte, qu'elle appelloit le plus prudent & le plus hardi Cheualier du monde. En effet, la bonne fortune s'eſtant lors declarée pour la France, apres tant de fatalles diſgraces, ne laiſſa pas de tenir ſon parti, quoi que les Anglois euſſent pris, & en ſuitte fait bruſler la Pucelle, auec vne cruauté pareille à leur iniuſtice defeſperée. Roüen qui ſous la tyrannie Angloiſe ſeruit de bucher à cette Amazone tres-Chreſtienne, luy a depuis dreſſé vn monument glorieux par vne fontaine en forme de piramide, dont les eaux ſont comme les larmes que les habitans iettent encor pour auoir eſté contraints de ſouffrir vn feu ſi honteux.

Ieanne du Lye Pucelle d'Orleans, Chartier, Fleury, Vignier, des Vrſins, Monſtrelet, Serres, & autres.

XVI.
Il eſt fait Côte de Longueuille , & Lieutenant General pour le Roy en toutes ſes Armées & Places fortes.
Les ſeruices de noſtre Heros parurent ſi grands au Roy, qu'outre les Comtez, de Longueuille qu'on luy donna, & de Perigort dont il eut la iouïſſance, ſon extraction & ſa valleur obtinrent encore la Principauté de Chaſtellaillon ; & beaucoup d'autres ſeigneuries importâtes, qui montroient que le Roy prenoit plaiſir à donner côme vne partie de ſon Domaine, à celuy qui le luy conſeruoit tout entier. Il fut en ſuitte fait Grand Chambellan de France, & cette charge eminente a touſiours demeuré dans la maiſon de Longueville, iuſques à François II. auquel temps les mal-heurs du ſiecle & de la Couronne la firent paſſer en celle de Guiſe. Enfin, Charles VII. luy confera pour comble d'honneur la dignité de ſon Lieutenant General en toutes ſes Armées & Places fortes, comme ſi ne regnant que par le Comte, il eut voulu que ce genereux & fidelle Subjet regnât, pour

ainfi dire, au deffous de luy. C'eftoit vn employ fi haut comme obferuent les illuftres Hiftoriens de la Maifon de France, que depuis la fuppreffion des Maires du Palais, qui eftoient comme les Maiftres de leurs Souuerains, il n'auoit efté donné à pas vn Prince, non pas mefme aux Fils & Freres des Roys. C'eft qu'il ne faloit pas des Charges communes à vn Prince extraordinaire.

Meffieurs de Sainéte Marthe.

XVII.
Il répond hautement à la grãdeur de fa Charge par la côquefte de beaucoup de Places, & par la reduétion de Paris.

Le Comte refpondit hautement à l'éleétion qu'on auoit faite de fa perfonne comme à l'attente qu'on auoit de fa valeur ; Et au lieu que ces Freres auoient efté pris des Anglois en la Bataille d'Azincour, il ne fe contenta pas de les deliurer auec le temps, dont il reçeut pour reconnoiffance de l'Aifné la Comty de Dunois, mais encor il prit fur les Anglois tout ce qu'ils auoient pris dans la France. En effeét les ayans chaffez d'Orleans, il les defit encor à Patay, apres auoir pris Gergeau & Baugency ; & ce fameux Talbot qui s'appelloit la terreur des François, fuft vn des prifonniers du Côte & de la Pucelle. Il fuiuit apres auec elle le Roy à Troyes, & luy ouurant le chemin à main armee, le fift facrer à Rheims, receuer à Chaalons, à Chafteau-Thierry, à Compiegne, à Senlis, & par le rude affaut qu'il donna en perfonne, à Paris ; il fit reconnoiftre à cette grande Ville, que fi elle n'eftoit pas facile à prendre, elle ne deuoit plus eftre fi difficile à fonger à fa reddition. En Effet Chartres ayãt efté furpris par le Comte, & Lagny deliuré du fiege qu'y auoit mis le Duc de Bethfort, Regent en France pour l'Angleterre, la Capitale du Royaume fuiuit le deftin de tant d'autres villes qui fe rendoient à la foule, comme vne

Charles Duc d'Orleans, Iean Conte d'Angoulefme pris 1415.
Monftrelet, *Chartier*.

iufte domination paraît plus agreable apres le ioug d'vne puiffance Tyrannique. Le Comte qui auoit moyenné de l'accommodement de Paris, tant par fon adreffe politique, que par l'apprehenfion qu'on auoit de fa vaillance & de fon bon heur, y entra en triomphe auec fon Maiftre, *menant la bataille du Roy,* qui eftoit la fleur des Genfdarmes du Royaume. Le peuple eftoit rauy de voir fon Prince, mais il ne l'eftoit pas moins de voir vn Conquerant qui luy rendit fon Monarque.

1437. Voyez

XVIII.
Il reprend
toute la Nor-
mandie fur
l'Anglois.

Or comme le Comte ne fongeoit pas tant à faire la guerre, qu'à donner la Paix à l'Eftat, il fe trouua de la part de Charles VII. à vne affemblee qui fe fift entre Graueline & Calais, pour ménager quelque ajuftement entre deux Couronnes fi ennemies. Mais voyant que les Anglois ne rabatoiët rien de leur arrogãce pour leur mauuaife fortune ; & que ces infulaires fe plaifoient trop au fejour de noftre terre ferme, pour en fortir autrement qu'à force ouuerte, il fe refolut de les en chaffer, ou de leur faire vn tombeau de leur conquefte. Il fecouru dõc Harfleur que le Comte de Sommerfet auoit affiegé, & vẽgea la mort du Seigneur de Chambois qui fut tué aupres de luy, fur beaucoup d'Anglois qu'il fit immoler aux Manes de ce braue Caualier. Depuis comme vn foudre de guerre, dont la trefue auoit fufpendu l'aĉiuité pour quelque temps, il conquit auec plus de combats que de iours le Duché de Normandie. Eureux, Ponteaudemer, Honfleur, Lizieux, Mante, Verneuil, Louuiers, Vernon, Gournay, Harcourt, Fefcamp, Chafteau-Gaillard, Argentan, & Gifors s'eftans rendus au Comte, apprennent

Monftrelet 2.
vol. fol. 172.

à Roüen qu'il luy faut ouurir les portes de gré ou de force.

Mais il ne faut pas forcer des fideles habitans qui ne fongeoient qu'à fe rendre au Roy, & qui fe declarerent volõtairement contre l'Anglois ayans efté contraincts autrefois de fe déclarer pour luy. Noftre Conquerant y conduit le Roy dans vne pompe magnifique, & pour montrer que le Comte n'eftimoit rien que fon Efpée & le feruice de fon Maiftre; l'Hiftoire remarque qu'il en auoit vne de la valeur de quinze mille efcus, en cette entrée folennelle. La capitulation du Comte de Sommerfet qui laiffa Talbot pour ôtage, nous acquit outre le Vieil Palais de Roüen, Caudebec, Monftieruilliers, Tancarville, & Liflebonne; Harfleur que l'ennemy auoit furpris apres le premier fecours, fuft depuis affiegé, mais le Gouuerneur Aurmogan rendit les clefs à genoux au Comte, qui ofta en fuite les Bannieres d'Angleterre des Tours du Haure, & de tous les autres lieux, pour y mettre celles de France. Honfleur pris de rechef par l'Anglois, Frefney, Bayeux, Caën, Falaife, Danfront, Cherebourg, mirent par leur reddition le couronnement aux triomphes d'vn General qui regagna en moins d'vn an & deux mois, toute vne Duché qui auoit efté plus de trente ans Angloife. De telle forte qu'on peut dire que ce beau fleuron de la Couronne, eft vn fruit de la Maifon de Longueuille, qui certainement a grand droit de gouuerner pour le Roy vne Prouince qu'elle a gagnée pour la Royauté.

*1437. Voyez
Môftrelel.*

Mais la Normandie quelque grande qu'elle foit, ne fuft pas vn champ affez vafte pour les triomphes du Comte. En

Dunois conqueſte encor la Guyenne.

effet auec la meſme charge de Lieutenant General, qui eſt encor plus eſtĕduë que celle de Conneſtable, que quelques vns luy attribuënt, il fuſt en Guyenne pour en chaſſer les Anglois, qui l'ayant poſſedée prés de trois cens ans, la perdirent en moins de trois campagnes de ce Heros. La victoire ſembloit pluſtoſt eſtre ſon auant-couriere que ſa compagne. Montguyon ſe rendit d'abord ; la ville de Blaye fuſt emportée d'aſſaut, & le chaſteau par cõpoſition ; Dax, Bourg, Libourne, Fronſac, la clef de la Guyenne & du Bourdelois ſeruirent d'exemple à l'obeïſſance de la capitale de la Prouince, qui receut noſtre Triomphateur, non pas tant comme Lieutenant du Roy, que comme vn Monarque. Mais plus ce vainqueur ſe voyoit honoré des peuples, plus il rendoit de deference à ſon Prince, & le brillant de ſon eſpée ne ſeruoit qu'à releuer l'éclat du Sceptre. Le Comte prit en ſuite le ſerment des habitans qui admiroient autant la prudence & la diſcipline militaire de ce Prince accompagnées d'vne valeur heroïque, qu'ils ont depuis meſpriſé les foibleſſes violentes, & des imprudences des tiranneaux empreſſez à deſeſperer des peuples, qui auoient tant aidé à ſe remettre ſous le ioug de la France, que noſtre Lieutenant leur faiſoit treuuer auſſi doux, que d'autres le leur rendent inſupportable.

Bayonne fut attaqué en ſuitte, c'eſt à dire pris, & le Ciel ſembla ſeconder en cette occaſion les forces de la terre, en faueur du Comte. L'Hiſtoire fait foy qu'vne croix blanche ayant paru dans l'air par vn prodige extraordinaire, la ville connut bien qu'il luy falloit quitter le Drapeau rouge

XXI.
Eſt receu magnifiquement dans Bourdeaux.

XXII.
Sa valeur ſecondée miraculeuſement à Bayonne.

Iean le Feron au Catalogue des Conneſtables. 1451.

Annales de Guyenne. Gaguin Chartier.

Monſtrelet 3 vol. Alain Chartier, Duchefne en ſes Annotations.

des Anglois, & que Dieu vouloit qu'elle fuſt Françoiſe, cõme les hommes pouuoient la forcer de l'eſtre. Elle ſe rendit donc, & rien ne reſiſta plus aux armes du Comte, qui d'vn Roy de Bourges, fiſt de rechef vn Roy de toute la France : & d'vn Roy d'Angleterre, de France, de Norman-die & de Guyenne, vn Roy de Calais.

XXIII.
Hautes re-connoiſſances de Charles le Victorieux en faueur du Côte pour la pre-eminence de la Maiſõ de Lon-gueville apres les Princes du Sang.

C'eſt ce qui obligea Charles VII. à qui les triomphes de noſtre Comte auoient acquis le ſuperbe tiltre de victorieux, de reconnoiſtre les ſeruices d'vn ſubiet ſi vtile en luy don-nant vn droit legitime ſur la ſouueraineté, & ordonnant que la Maiſon du Comte ſuccedaſt à la Couronne en cas que la ligne maſculine de la Race Royale vint à manquer; Et c'eſt pour le meſme ſuiect que Charles IX. par ſa Declaration donnee à Duretal, ordonna que les Ducs de Longueville tiendroient rang immediatement apres les Princes du Sang de nos Roys, comme eſtans les plus proches, & ayans la preéminence ſur tous les autres, ſoit François, ſoit eſtran-gers, tant à cauſe de leurs merites envers l'Eſtat, que comme deſcendants de la Branche des Valois aynée de celle des Bourbons.

Dans les Ar-chiues de la Maiſon de Lon-gueville. 1572.

XXIV.
Le Comte eſt encor glo-rieuſemēt em-ployé par Loüis XI, & fait chef des Reformateurs de l'Eſtat.

Au reſte la reputation & les emplois du Comte ne finirent pas auec la vie de Charles VII ; ils ne firent que changer d'objet. Louys XI. qu'on peut appeller le Roy des Poli-tiques, & le plus Politique de tous les Roys, ayant par ſon adreſſe fait vne paix d'autant plus neceſſaire que la guerre pour le bien public, auoit vn nom plus ſpecieux ; dans l'Aſſemblée tenuë à Paris de tous les Ordres de la France, l'eſtablit Chef & Preſident de tous les Commiſſaires ordon-

Ie traiteray au long ſes Ambaſſades &

nez, pour la Police & reformatiõ des defordres du Royaume, fur la connoiffance qu'il auoit que le Comte n'eftoit pas moins adroit pour les négociations importantes, que pour les combats hazardeux, & qu'il pouuoit auffi bien guerir la France des maux internes, qu'il l'auoit guerie des eftrangers. Ce fuft cette mefme Affemblée qui luy donna les glorieux tiltres de CHEVALIER SANS REPROCHE ET DE BOV-CLIER DES FRANÇOIS, comme au Traité de Conflans fut conclu que le Comte feroit fatisfait pluftoft que les autres Princes, & qu'on luy rendroit tous les auantages que l'enuie des nouueaux Miniftres luy auoit oftez. Auffi eft-il vray qu'on remarque qu'il fut le feul, qui dans la guerre précédente auoit fongé au bien commun, pendant que les autres ne vifoient qu'à leurs intérefts particuliers ; & qui leur feruit d'exemple à fe reünir au Roy, du feruice duquel il ne s'eftoit feparé que pour le rendre plus regulier.

hauts faits d'armes dans l'Hiftoire Generale de la Maifon de Longueville.

Monftrelet 3 vol. Vieille Chro.

XXVI.
Ce foudre de guerre meurt heureufement en paix.

Enfin, comme remarque l'Hiftoire, Iean d'Orleans chargé d'ans, d'honneur, & de biens, mourut l'an 1470. âgé de 66. ans ; & l'on peut bien iuger qu'il eftoit inuincible en ce qu'il deceda en paix apres auoir hazardé fa vie en tant de factions de guerre. I'ay efté long temps à parler du Chef de la Maifon de Longueville, pource que c'eft le fonds de fa gloire, que fes membres luy ont reffemblé fans iamais degenerer ny de fa valeur, ny de fon zele à feruir l'Eftat, & que les emplois ont plûtoft mãqué à quelques-vns qu'ils n'ont manqué aux emplois. Au refte Iean d'Orleans n'ayant point eu d'enfans de fon premier mariage, époufa en fecondes nopces Marie de Harcourt,

Theuet, les fieurs de fainte Marthe.

1439.

/

fille de Iacques de Harcourt Comte de Tancarvillé, & de Mongommery, Maifon egallement ancienne & illuftre; Et de Marie Marguerite de Melun ; Et eut de ce mariage vn fils vnique François d'Orleans Comte de Dunois, Longueville, Tancarville, & Mongommery, qui fut Grand Chambellan de France, & Gouuerneur de Normandie. Il rendit de grands feruices au Roy Charles VIII. & au Duc d'Orleans fon Coufin, qui l'appelloit fon bras gauche, & qui s'en vit fuiuy à la iournée de S. Aubin, quand tous les autres l'abandonnerent. Mais le plus grand coup d'Eftat de François, fut qu'il reunit ces deux efprits, apres diuerfes ruptures, & fans eftre fufpeÂ à pas vn porta les interefts de tous les deux ; ce qui eft affez rare en de pareilles cõiõÂures, où les Roys veulent toufiours eftre tirez du pair d'auec les Subjets.

XXVII. François d'Orleans fuccede au Comte de Dunois fon Pere, & fert hautement Charles VIII. & le Duc d'Orleäs de puis Roy Louys XII du nõ, däs des cõionctures bien chatoüilleufes.
XXVIII. Il acquiert par fa conduite la Bretaigne à la France.

Depuis il trouua moyen d'agrandir l'Eftat par la Paix comme fon Pere auoit fait par la guerre. En effeÂ il fut le principal entremetteur du mariage du Roy auec Anne de Bretaigne, qui dõnant vne femme au Roy Charles VIII. donnoit parcillement vne Prouince à la France. En effeÂ comme apres la mort du Duc François II. du nom Duc de Bretaigne, le Comte de Dunois eût le principal maniment des affaires de ce pays-là, & toutte l'authorité de fes deux Filles conjoinÂement auec le Prince d'Orange, & que ce Duc par fon teftament auoit ordonné, que s'il fe trouuait quelque different fur l'execution des Traitez faits entre les Rois & luy, on en paffaft par l'aduis des Comtes de Dunois, & de Comminges, & du Marefchal de Rieux ; la Paix de

Hiftoire de Charles VIII, & de Louys XII. Vieilles Chroniq. Meffieurs de fainÂe Marthe.

Commines, Serres, Vieilles Chroniques, Les fieurs de fainÂe Marthe Du Haillan.

Bretagne fuſt ſi bien ménagée qu'Anne l'aiſnée des Filles en fuſt le gage & le fruict; & le Comte dont nous parlons acquit par là tant de credit auprés du Roy, qu'au lieu qu'il ſembloit auparauant exilé, il commença d'auoir la plus grand' part au Gouuernement. Mais comme s'il euſt eſté

XXIX.
Et meurt apres ce chef-d'œuure d'Eſtat.

lors fatal à ſa Maiſon de voir perir ſes Heros apres auoir acquis des Souuerainetez à la Couronne, comme le Roy reuenoit de conſommer ſon mariage, le Comte de Dunois finiſt 25 Nou. 1491. ſa vie d'vn catharre que la fatigue des affaires luy cauſa, & rendit l'ame en rendant vn ſi grand ſeruice à ſon Roy.

XXX.
Son fils François d'Orléans II. du nom, luy ſuccede, & eſt fait premier Duc de Longueuille, les Roys ayans voulu augmēter les titres d'vne Maiſon, qui auoit ſi fort accreu le Domaine de la Couronne.

Le Roy Louis XI. auoit moyenné ſon mariage auec ſa belle ſœur Agnes de Sauoye, fille de Louis Duc de Sauoye, & d'Anne de Cipre, ſœur de Charlotte de Sauoye Reine de France. De ce mariage ſortirent François II. du nom, Comte de Dunois, & premier Duc de Longueuille, Louis d'Orleans qui ſucceda depuis à ſon Frere aiſné, & Iean d'Orleans Cardinal, Archeueſque de Tholoſe, & Eueſque d'Orleans. François portoit les qualitez de Comte de Dunois, Tancarville & Mongommeri, de Prince, de Chaſtellaillon, Vicomte de Melun Seigneur de Partenai, Vouuant & Meruant, Montrueilbellai, Noyelles ſur la mer & Gournay, Conneſtable hereditaire de Normandie, Grand Chambellan de France, Gouuerneur & Lieutenant General pour S. M. en Guyenne; le Roy ayant iugé qu'il ne pouuoit mieux commettre le Gouuernement de cette Prouince, qu'à vne Maiſon qui l'auoit conqueſtée pour la France.

XXXI.
Ses grands ſeruices & les

Il ſuiuit Charles VIII. à la conqueſte de Naples, & Louis XII. à ſes deux voyages d'Italie, où il menoit l'ar-

riere-garde de l'armée à la Bataille d'Aignadel, qui fit reconnoiftre à la Republique des Venitiens qu'elle deuoit ceder
en tout à la Monarchie Françoife. L'Hiftoire luy donne le
nom de Prince benin & prudent en guerre ; & remarque
qu'en confideration de fes grands feruices, la Comté de
Longueville fut érigée en Duché. Il eut encor le commandement de l'armée Royalle leuée en faueur de Iean d'Albret
Roy de Nauarre, pour le recouurement de fon Royaume
enuahi par l'Efpagnol. Il eft vrai que comme eftant Gouuerneur de Guienne il ne voulut pas ceder au Conneftable
de Bourbon ; le Roi pour ofter ces femences de jaloufie y
enuoya François Duc de Valois premier Prince du Sang,
qui fuft depuis fon fucceffeur à la Couronne. En fuitte de
ce voyage le Duc François déceda ne laiffant qu'vne Fille de
fon mariage auec Françoife d'Alençon fille aifnée de René
Duc d'Alençon & de Marguerite de Lorraine. Cetre fille
nommée Renée d'Orleans eftant decedée à l'âge de fept ans ;
& fa grandeur eftant enfeuelie auec fon innocence, Louys
d'Orleans luy fucceda, & au lieu qu'il ne portoit que la
qualité de Marquis de Rothelin & de Comte de Neuf-Chaftel,
il deuint Duc de Longueville ; & fut fait Capitaine de cent
Gentilshommes de la Maifon du Roy.

Il feruit à la iournée d'Aignadel auec vne generofité pareille à celle de fon frere ; Et comme Henry VIII. d'Angleterre fut entré en Picardie, & affiegea Theroüenne, Louys
la rauitailla ; mais comme tous ne fecondent pas la valeur
ny la conduite des grands Chefs, la temerité de quelques
jeunes hommes le fift prendre des Anglois qu'il auoit furpris

*reconnoiffan-
ces qu'il en re-
ceut.*

*XXXII.
Sa mort &
celle de fa fille
vnique, par où
fon frère Louys
eft fait Duc.*

*XXXIII.
Sert haute-
ment en Italie,
& à Theroüen-
ne, où il eft
pris.*

*Champier ,
Commines ,
Vieilles Chro-
niques de Ser-
res, Guicciar-
din, les fieurs
de S. Marthe.*

7 Mai 1615.

*Du Haillan,
de Mer des Hif-
toires. Vignier.*

auec vne promptitude fi iudicieufe. Il eft vray que les mal-
heurs de la Maifon de Longueville tournant toufiours à fon
aduantage auffi bien qu'à celuy de la Couronne, fa prifon
nous feruit encore plus que fa liberté ; En effeĉt dans fes
chaifnes il lia la paix entre les deux Roys, & pour les reünir
par vne eftrainte indiffoluble, il conclut le mariage du Roy
Louys XII. auec la Reine Marie d'Angleterre fœur de
Henry. Depuis il combattit auec François I. à la iournée de
Marignan ; ce qui fit que les Suiffes qu'on défit lors luy
ofterent pour vn temps la iouïffance de la Comté de Neuf-
Chaftel, que fa femme luy auoit apportée. Elle s'appelloit
Ieanne de Hochberge fille & heritiere de Philipes de Hochberge, Comte fouuerain de Neuf-Chaftel & Marefchal de
Bourgongne, Prince iffu de la maifon des Marquis de Bade ;
& de Marie de Sauoye, fille d'Alix de Chaalon de la maifon
des Princes d'Orange, d'où vient la pretention que les Ducs
de Longueville ont à la Principauté d'Orange par le deces
du Prince René de Naffau & de Chaalon. Louys ne furuef-

quit guere au commencement du regne du Roy François,
& apres fon deces laiffa pour enfans Claude d'Orleans Duc
de Longueville, Louys qui en fut auffi Duc, François d'Orleans, Marquis de Rothelin, & Charlotte d'Orleans, Ducheffe
de Nemours.

Quant à Claude eftant encore bien ieune, il fuft enuoyé
par le Roy Frãçois I. en Italie pour en commander l'armée en
la place d'Odet de Foix Vicomte de Lautrec, vieil & experi-
menté Capitaine. Mais la furprife de Gennes l'ayant fait rap-
peller, il fuft depuis deuant Pauie, où comme il eftoit de grande

*Hiftoire d'A-
lemagne, les
fieurs de fainĉe
Marthe.*

1522.

volonté, ce font les termes de nos Annales, fortant des
tranchées pour reconnoiftre vn endroit de la ville il fuft tué
d'vn coup de moufquet tiré par les affiegez, & eut ce bon
heur dans fon infortune, qu'il rendit l'ame deuant que de
voir les difgraces de fon Prince.

Guicciardin.
de Serres & au-
tres.
1525.

Comme il ne laiffa point d'enfans n'ayant iamais efté
marié, Louys d'Orleans fon frere fecond du nom, Duc de
Longueville & grand Chambellan de France, fucceda efgal-
lement à fes Seigneuries & dignitez, comme à fa generofité
martiale. Il feruit hautement François I. & Henry I. contre
l'Empereur Charles V. mais la briefueté de fa vie ne luy
permit pas d'eftendre au long fes triomphes. Il ne laiffa
qu'vn feul fils de fon efpoufe Marie de Lorraine, fille aifnée
de Claude de Lorraine Duc de Guife & d'Anthoinette de
Bourbon fa femme ; Et Marie veufue paffa depuis du lict
d'vn Prince à celuy de Iacques V. Roy d'Efcoffe, dont
fortit Marie Stuart Reine de France & d'Efcoffe. la plus
belle, la plus innocente & la plus malheureufe des Reines.

Les fieurs de
faincte Marthe.
Genealogie des
grandes mai-
fons.

François d'Orleans III. du nom Duc de Longueville, &
grand Chambellan de France, fils de Louys II. ne furuefquit
gueres à fon pere, eftant mort à l'âge de huict ans, fouz la
Tutelle de Claude de Lorraine fon ayeul maternel. Son
coufin germain Leonor d'Orleans Marquis de Rothelin fut
fon principal heritier, comme eftant fils de François d'Orleans III. fils de Louys I. du nom, mais qui ne fe fignala
pas moins que fes freres en feruät le Roy François premier
contre l'Empereur Charles V. De ce Prince & de Iacqueline
de Rohan, fille aifnée de Charles de Rohan & de Ieanne de

22 Sept. 1551.

C'eft la plus
illuftre maifon

S. Seuerin, qu'il efpoufa par l'entremife de Marquerite du Royaume de Reine de Nauarre, nafquit Leonor d'Orleans Duc de Longueville, & Françoife d'Orleans deuxiefme femme de Louys de Bourbon Prince de Condé, par où l'on void que ce n'eft pas d'aujourd'huy qu'il y a vne eftroitte vnion entre les maifons de Bourbon & de Longueville.

du Royaume de
Naples.
Il Corio. Sci-
pione Ammi-
rato.
Les fieurs de
fainte Marthe.

XLI.
Qui fuft pris
à la bataille de
fainct Quen-
tin, et paya fa
rançon à fes
defpens.

Leonor donna tout le cours de fa vie des preuues éclatantes d'vne bonté genereufe ; N'ayant que dix-fept ans, il fit de merueilleux exploicts à la bataille de S. Quentin, mais comme la bonne fortune ne feconde pas toufiours la valeur, il y fut pris auec plufieurs autres Princes, & fouffrit pour l'Eftat vne prifon que l'Etat mal gouuerné par vn Miniftre fait fouffrir à prefent à Monfieur le Duc de Longueville, qui n'a fait que furpaffer le zele de fes predeceffeurs pour le bien de la Couronne. En fin Leonor ayant payé quatrevingts mil efcus de rançon, il ne fe porta pas moins vaillamment dans nos guerres ciuiles fous Charles IX. qu'aux

XLII.
Il mourut
apres auoir
rēdu de tres
grands feruices.

eftrangeres fouz Henry II. Il ne fe paffa point d'actions militaires, où il ne fe trouuaft le premier ; Il fit le voyage de Bayonne auec leurs Majeftez, & reuenant du long fiege de la Rochelle, il mourut à Blois, comme s'il euft fallu que le cours de fa vie fuft interrompu, où les triomphes du Roy fouffroient quelque interruption.

Memoires
d'Eftat, d'A-
uila et les au-
tres.
1573.
Le fiege fut
leué par le Duc
d'Aniou, efteu
Roi de Polo-
gne.

XLIII.
Et laiffant
vne fleuriffan-
te poftérité.

Leonor fut mariée à Marie de Bourbon Comteffe de S. Paul, & Ducheffe d'Eftouteville, feule fille & heritiere de François de Bourbon Comte de S. Paul, & d'Adrienne Ducheffe d'Eftouteville. Et quoy que Marie receut beaucoup d'auantage de fe voir Efpoufe de Iean de Bourbon Comte

Voyez les Al-
liances des
grandes mai-
fons.

d'Anguien, qui fut tué à la journée de fainct Quentin ; & depuis de François de Cleues fecond du nom Duc de Neuers, elle n'en receut pas moins efpoufant Leonor, dont elle euft vne fleuriffante pofterité. Henry d'Orleans Duc de Longueville I. du nom, François d'Orleans Comte de S. Paul, Leonor d'Orleans Prince de Chaftellaillon qui mourut ieune ; Catherine & Marguerite d'Orleans, qui prefererent le Celibat au mariage, & le mefpris du monde à fes pompes ; Antoinette d'Orleans, Marguerite de Befle-Ifle, Leonor d'Orleans Dame de Matignon, font des fruicts de cette illuftre Alliance.

L'vne fut religieufe & l'autre ne fe voulut iamais marier.

XLIV.
Henry d'Orleãs, fon aifné luy fuccede.

Henry d'Orleans, Duc de Longueville, Grand Chambellan de France, & Conneftable hereditaire de Normandie, Chevalier des deux ordres du Roi, Gouuerneur & Lieutenant General pour fa Majefté en Picardie, Boulonnois & païs reconquis ; fe tint toufiours attaché aux interefts de la Royauté, parmi les troubles populaires de la Ligue ; fous Henri III. & Henri le Grand. Il commandoit l'Armée Roiale à la bataille de Senlis, où trois mille hommes en desfirent plus de douze mille, & où cette place fut conferuée, & Paris commença de perdre fes fougues. En fuitte Henri d'Orleans aiant efté receuoir les Eftrangers, il fe ioignit heureufement à l'Armée du Roi, qui eut fans doute triomphé des Rebelles, fi la mort n'euft triomphé de lui, par vn parricide execrable.

XLV.
Qui durant la ligue demeura toufiours attaché au party de la Royauté.

Voyez le d'Auila, les Memoires de la ligue & tous nos Hiftoriens, 1579.

XLVI.
Et ne feruit pas moins la Branche de Bourbon que celle de Valois.

Mais le Duc de Longueville continua les mefmes feruices à la Branche de Bourbon qu'il auoit rendus à celle de Valois dont il defcendoit. En effect il fut des premiers à recon-

Henry III, tué à S. Cloud par Clement H. d'Auila & les autres.

noiftre le Roi de Nauarre pour Roi de France, & comme
les exemples des grands Princes font toujours fuiuis de ceux
qui leur font inferieurs, chacun imita cét augufte adueu.

XLVII.
Il fecourut
Henri le Grand
à Diepe.

Depuis Henri le Grand eftant comme affiegé par quarante
mille hommes dans la ville de Dieppe, Henri Duc de Longueuille fut le fecourir au befoin, & perça cette Armée
formidable, aiant à peine quatre à cinq mille hommes. Ce
n'eft donc pas fans raifon que cette place appartient par
beaucoup de tiltres à vne Maifon qui l'a fauuée auec fon
Roi, & qui l'ayant protegée fi hautement s'en void lafche-
ment abandonnée.

H. d'Auila.
Memoires de la
Ligue, &c.

Cette place
a efté acheptee
par Môfieur le
Duc de Lon-
gueuille, & a
voulu vendre
Madame.

XLVIII.
Et fut beaucoup
chery du Roy.

Le Duc de Longueville en fuitte ayant reduit Roye à
l'obeïffance du Roi, & paru toufiours autant fidele que genereux, fuft confideré de lui, non feulement comme vn Subjet
vtile à fon Maiftre, mais comme vn parfaiĉt Ami. Ainfi
Henri le Grand l'affocia des premiers à l'Ordre de S. Efprit,
& lui ayant confirmé tous les auantages qu'il auoit receus
des autres Rois, il lui en confera de nouueaux. En fin la
guerre ayant efté ouuerte contre l'Efpagnol, qui nous l'auoit
fi long-temps faite couuertement, le Duc allant pouruoir
aux places de fon Gouuernement de Picardie, & faifant fon
Entrée en armes à Dourlens, il y fut bleffé fortuitement, où
par la vengeance malicieufe du Duc d'Efpernon, qui fuborna
vn foldat pour le tuer d'vne mefquetade, dont il mourut
quelques iours apres, n'ayant que ce regret, de perdre par
rencontre vne vie, qu'il auoit fi volontairement hazardée
pour le feruice de fon Roi. Mais fouuent la mort qui
eftant redoutable aux autres femble craindre les Heros, les

1594.

H. d'Auila & les
autres.

Voyez le de-
meflé qu'il eut
auec le Duc
d'Efpernon,
dans Duplex,
qui n'en raconte
pas les fuites,
mais qu'ô peut
affez deuiner.
Il mourut à
Amiens en
Avril 1595.

XLIX.
Il mourut
d'vn coup bien
fatal à la Fran-
ce & à fa mai-
fon.

attaque par trahifon, n'ofant les affaillir à force ouuerte. En Fevrier 1588.

L.
Henry fon fils fut fon fucceffeur.

Il auoit efté marié à Catherine de Gonzague de Cleues, fille de Louis de Gonzague Duc de Neuers & de Rethelois, & de Henriette de Cleues ; Et comme les grands ont ordinairement quelque profperité qui adoucit l'amertume de leurs malheurs, deux iours auant fon deceds il fe vid comme renaiftre en vn fils fucceffeur, autant de fon nom, de fes biens, honneurs & dignitez, que de fon courage & de fa vertu. Henry le Grand fembla donner fon cœur & fa generofité à ce jeune Prince, en luy donnant fon nom en qualité de Parrain. Et outre qu'il luy referua le Gouuernement de Picardie qui comprenoit auffi l'Artois, Boulonnois, Comté de Guines, Calais, & Pays reconquis, il euft autant de foin de fon éducation que de celle de fes enfans. Au refte attendant que le jeune Henry euft attaint l'âge de dix-huiĉt ans, le Gouuernement fut commis à François d'Orleans Comte de S. Paul fon Oncle paternel, dont la Maifon n'a défailly, que pour auoir efté trop genereufe ; En effeĉt elle a perdu tous fes appuis en appuiant l'Eftat.

8 May 1595.

Les fils du Côte de S. Paul tuez durant les guerres des Religionnaires.

LI.
Le Duc Henry fe marie auec la fœur aifnée de Monfieur le Côte ; & produit en la perfonne de Mademoifelle de Longueuille vn chef - d'œuure d'hôneur & de beauté.

Ce terme eftant expiré le Duc qui par la viuacité de fon efprit, & par la bonté de fes mœurs, fembloit auancer les perfeĉtions que l'inftitution donne aux autres, entra en poffeffion de fes droiĉts ; & époufa depuis Louïfe de Bourbon fille aifnée de Charles de Bourbon Comte de Soiffons, & d'Anne de Montaffier, par où le Sang de Bourbon s'vnit derechef plus eftroiĉtement à celuy de Valois. Il n'eft forty de ce mariage qu'vne fille vnique, comme fi la nature luy ayant communiqué toutes fes perfeĉtions, elle n'eut fçeu

1617.

plus agir, apres auoir produit ce chef-d'œuure incomparable. Il eſt vray que la France eſtant intereſſée à la conſeruation d'vne Maiſon qui a ſi hautement maintenu ſes droicts, a obtenu du Ciel que le Duc eût des ſucceſſeurs mâles apres

LII.
Son ſecond mariage auec la fille de Mö-ſieur le Prince.

cette belle heritiere, & ce par l'alliance d'vne Princeſſe, qui a le corps des Graces, le cœur des Heros, & l'eſprit des Intelligences. Ie parle d'Anne de Bourbon Fille & Sœur du Premier Prince du Sang, dont les mal-heurs ne font que releuer par leurs ombrages, l'éclat de ſon merite & de ſa vertu ; & qui ne fait la Guerre à preſent que pour donner la paix à la France.

1641.

Voyez ſon Ma-nifeſte imprimé en Flandres.

LIII.
Apres la mort de Henry le Grand vn Italien veut trécher du Roy.

Mais conſiderons les ſeruices de la Maiſon de Longueville auant que de venir à ſes diſgraces. Comme il eſt difficile qu'vn Eſtat change de ſouuerain ſans changer en quelque façon d'aſſiette, & que dans les minoritez il arriue touſiours de grands inconueniens ; Henry IV. ne fut pas ſi toſt mort, que les ſources des troubles ſe r'ouurirent dans la France. Ceux qui auoit craint ce Vieil Conquerãt n'apprehendoient pas vn jeune Roy, & vn eſtranger ſous pretexte de s'auan-cer prés de la Reine Mere ſembloit auoir vſurpé la Couronne. C'eſtoit Conchiny Marquis d'Ancre qui voulant agrandir ſa maiſon par la ruine de celles de France, ſe mit à perſecuter à meſme temps le peuple & les Princes. Ceux-cy eſtans obligez de proteger l'autre comme il les doit reſpecter, ſe reſolurent à vne commune defenſe, & s'vnirent entr'eux pour ne pas eſtre opprimez à part par la violence d'vn Fauory qui abuſoit de la puiſſance du Roy & des bontez de la Regente.

1610.

LIV.
Les Princes s'y oppoſent auec raiſon.

1614.

LV.
Monfieur le Duc de Longueville va defendre la Picardie contre les pretentions ambitieuses du Fauory.

Le Duc de Longueville fçachant que le Marquis auoit du deffein fur fon Gouuernement de Picardie, s'y en alla pour l'en efcarter, & s'y maintenir ; où l'on peut dire qu'il vefcut toufiours dans vne parfaite moderation, pendant que d'autres Princes, fouz pretexte de reformer l'Eftat, commettoient mille violences dans les Prouinces qu'ils auoient charge de conferuer. Ainfi la Picardie fut auffi bien maintenuë que la Bretagne fut defolée ; Comme s'il euft fallu que le Duc de Vandofme fe fut vangé fur les Bretons de l'imprudence qu'il auoit faite en fe laiffant prendre au Louure, par les artifices du Marquis d'Ancre.

Voyez l'Hif- toire du Prefi- dent Gra- mund. Dupleix & autres. Le Card. Ma- zarini qui n'eft pourtant pas de la côdition d'vn Gêtil- hôme Florêtin.

LVI.
Rompt les deffeins du Marquis & ga- rantit Peronne de fa tyrannie.

Il eft vray que cét Italien, ou pluftoft cét Auant-Coureur du fleau de la France, qu'on void aujourd'hui couuert de Pourpre, voulut porter le feu & le fang dans cette innocente Prouince de Picardie ; Mais fes procedures tyranniques ne firent que le rendre odieux, en rendant d'autant plus aimable la douce adminiftration du Duc de Longueville. Ce Prince poffedoit tous les cœurs des Picards, pendant que l'autre entroit en poffeffion de leurs for003ffes ; & on appelloit Henry le Pere du Peuple, & Conchini le Parricide. L'affaffi- nat du fieur de Prouville Major d'Amiens, fit fremir tout le monde d'horreur, auffi bien que l'attentat fur la perfonne du Gouuerneur de la Prouince ; Mais la deliurance de Pe- ronne d'entre les mains de cét Italien, par la valeur iudi- cieufe du Duc de Longueville, fuft vn prefage à la France, que ce Fauory ne feroit pas toufiours heureux, ny elle tous- iours mal-heureufe.

Gramund Du- pleix.

Ce fut dés lors que les Habitans de cette ville guerriere

LVII.
Le Marquis
d'Ancre veut
noircir les
actions du
Duc, mais le
Roy les aduoüe

conceurent ces genereufes refolutions qu'ils gardent encore à prefent : & qu'ils protefterent qu'ils feroient toufiours bons François, iamais Italiens ; Et qu'en fuiuant le party du Duc de Longueville, ils tenoient celuy du Roy. Il eft bien vray que le Marefchal d'Ancre voulut faire paffer l'affront qu'il auoit receu en cette occafion pour vne procedure iniurieufe à la Couronne. Le Roy fçeut bien reconnoiftre qu'il doit y auoir de la difference entre le Miniftre & la Majefté, & que le Duc de Longueville eftoit d'autant plus à luy, qu'il eftoit moins attaché aux Fauoris. Et certes il eft bien honteux à vn Prince d'Extraction Roïale de releuer d'vn auorton de la Fortune, & de plus confiderer vn Efclaue qu'vn Souuerain. Depuis le Marefchal aiant fait emprifonner le Prince de Condé pour nous mettre tous aux fers, dreffa en fuitte trois Armées pour opprimer par mefme moïen le

Voyez le Difcours fait fur la plaifante entreueuë du Cardinal Mazarin, & de Monfieur de Hoquincourt.

LVIII.
Le Duc fe
tient neutre en
fuite par refpect enuers le
Roy.

peuple, & les Princes. Le Duc de Longueville, que le Roy auoit reconnu innocent par vne Declaration expreffe, auoüant que tout ce qui s'eftoit fait à Peronne auoit efté du feruice de fa Majefté ; fe tint neutre dans fon Gouuernement, n'ofant pas choquer la Souueraineté dont on abufoit, ni abandonner fes femblables, qu'on croioit pouuoir impunément perdre.

Voyez la Declaration du Roy publiée en fuite. Octob. 1617.

LIX.
Le Marefchal d'Ancre tafche en vain de l'attirer a fon party ou plûtoft de le r'appeller pour le prendre.

Le Marefchal tafcha de l'intereffer dans fon party le rappellant a la Cour, fous pretexte de luy faire époufer Mademoifelle de Soiffons, Mais le Duc connut bien que l'Amour eftoit vn dangereux Entremetteur eftant ménagé par vn ennemy, & qu'on fongeoit pluftoft à l'arrefter en Cour, qu'à le lier par vn mariage. Enfin le Ciel vouloit que fon

Le mariage dôt nous auons cy-deuant parlé n'eftoit pas encore conclu.

merite & fon élection emportât cette Princeffe que la faueur
& la tirannie luy croyoient alors donner.

LX.
Le Duc ne
fe rēd non plus
aux raifons
d'intereſt ; qui
eſt toufiours
indigne d'un
cœur genereux.
Conchiny n'aiant pû toucher le cœur du Duc par la plus
douce des paſſions, voulut le tenter par l'intereſt. Il crut
que la Duché de Longueville, & les principales terres du
Duc eſtant en Normandie, ce Prince feroit bien aife d'en
auoir le Gouuernement, en efchange de celuy de Picardie.
Ainſi feignant de fauorifer le Duc, ce Marefchal penfoit
auancer fes affaires, & tenir toute vne Prouince dont il
tenoit defia les meilleures places. Mais ce Prince n'ignorant
pas qu'il y a des offres qui font plus offençantes que des
refus, & que les meilleurs prefents deuiennent mauuais
quand ils partent d'vne main dangereufe, n'accepta pas cét
efchange, non feulement parce qu'il tenoit par fucceſſion
de fon Pere le Gouuernement de Picardie, mais encor parce
que les efprits de tous les ordres de la Prouince auoient
encor plus d'attachement à fa perfonne qu'à fa charge. On
peut dire encor qu'il falloit par vne iuſte difpofition du
Ciel que la Normandie éprouuât les rigueurs d'vne adminiſtration Italienne, pour mieux goufter apres le doux Gouuernement d'vn Prince François.

La Citadelle
d'Amiens , &
autres.

Le Marefchal
d'Ancre fuſt
Gouuerneur de
Normandie.

LXI.
Infolences du
Marefchal dans
la Normandie,
punie par vne
mort auancée.
En effeét le Marquis fe comporta fi infolamment à fa
premiere entrée dans la Prouince, qu'outre qu'il en occupa
les plus fortes places, il voulut encores remettre le Fort
fainéte Catherine, non pas tant pour brider Roüen, que
pour le voler. Mais eſtant retourné à Paris, il perdit le
Gouuernement & la vie tout enfemble, pour feruir d'exemple
à la poſterité, qu'il ne faut iamais abufer de la ieuneffe des

Gramund Du-
plex , &c. 1617.

Roys, pource que ces Lyons ont d'abord de la vigueur &
de la vengeance. La Reine Mere qui auoit fait donner la
Normandie à Conchiny, la garda pour elle apres le deceds
du Marefchal; mais ayant ailleurs des vifions pour fes

LXII.
Le Duc de
Longueuille en
eft fait Gou-
uerneur.

deffeins, & efperant trouuer plus d'appuy dans le cœur de
la France que dans vne de fes Frontieres, elle en fift démif-
fion entre les mains du Roy, qui en pourueut le Duc de
Longueuille, ayant voulu gratifier le Duc de Luynes du
gouuernement de Picardie qu'il donna en fuitte à fon frere
pour le rendre plus capable d'efpoufer la fille du Vidame
d'Amiens, qu'on appelloit l'heritiere de Pequigny.

1619.

Le Duc de
Chaune autre-
ment le Ma-
refchal de Ca-
denet.

LXIII.
Se plaint au
Parlement de
Roüen des
procedures du
Duc de Luynes.

Mais ce nouueau Fauory qui de Fauconnier qu'il eftoit
fut en fin Conneftable, ne fe monftra pas moins infolent
enuers la Reine Mere & les Princes, que le Marquis l'eftoit
enuers le Roy & enuers eux-mefmes. Il ne fe contenta pas
d'auoir banny cette Princeffe de la Cour, il la retint encore
prifonniere. C'eft ce qui obligea les grands du Royaume de
s'oppofer à l'ambition d'vn petit gentilhomme, & le Duc
de Longueuille entr'autres, eftant entré au Parlement de
Normandie, apres s'eftre purgé de la refiftance de Prudent
à Caen, fur ce que c'eftoit vne creature du Duc de Vandofme, & de fon frere le grand Prieur, il iuftifia genereufement fa propre conduitte, & fe pleignit en fuitte auec autant
d'efficace que de raifon des mauuais offices que le nouueau
Duc de Luynes rendoit aux Princes, croyant qu'il ne pouuoit rehauffer fa fortune qu'en les abaiffant, ny paroiftre
toufiours aimable au Roy qu'en les rendant odieux.

Duplex. Gra-
mund. Bernard.

A Blois.

Voyez l'Hiftoire de
Bernard.

Mais comme il ne receut pas beaucoup de Iuftice à Roüen,

Des Memoires
du temps. Con-
tinuation de
Serres , Du-
pleix, &c.

LXIV.
Le Roy luy
fait en fin iuf-
tice que d'au-
tres luy refu-
foient.

il fe retira bien toſt à Dieppe. Le Roy en fuitte obfedé par fon Fauory qui vouloit perdre tout ce qui ne plioit point fouz fon Miniſtere, fit fufpendre le Duc de Longueville de fon Gouuernement, iufques à ce qu'il fe fuſt iuſtifié en perſonne ; quoy que fa iuſtification toute entiere parût en ce qu'il fervoit fi paſſionnément le Roy, qu'il n'auoit nul efgard aux auantages qu'il pouuoit attendre d'vn Subiet qui lui eſtoit cher. Bouteroude Prefident au Parlement, & le fieur de S. Aubin fon fils Lieutenant general au Bailliage qui auoient feruy le Duc furent interdits de leurs Charges ; Mais ils trouuerent plus d'avantage à fouffrir pour vn Prince, qu'à triompher pour vn Fauory comme faifoient beaucoup d'autres. En fin la Reine Mere s'eſtant accommodée auec fon fils, & le fang ayant reüny ce qu'vn artifice malicieux s'efforçoit de diuifer, le Roi reconnut auſſi le cœur de ceux qui aimoient fon feruice ; & fa Iuſtice rendit au Duc de Longueville le pouuoir legitime que l'iniquité de fes enuieux luy auoit oſté.

LXV.
Et le reſta-
blit hautemēt
en Normandie.

1620.

LXVI.
Belle cōduite
du Duc dans
fon Gouuerne-
ment.

Ainfi depuis ce Prince gouuerna la Normandie auec vne addreſſe fi vigoureufe & fi charmante, qu'il eſtoit craint & aimé par tout ; Et iamais le Roi ne fut plus abfolu que fouz vn Gouuerneur fi puiſſant & fi cher à la Prouince. La Nobleſſe l'y a reconnu pour vn Prince accompli en toutes fortes de perfeċtions, & le peuple pour vn Proteċteur fauorable. Cependant il n'y a point eu de païs d'où le Roi ait tiré de fi prompts & fi puiſſans fecours que de celui-là, pource que le Gouuerneur a touſiours accordé les interefts du bien commun auec ceux de la Royauté, & que pour le

LXVII.
Les auantages
que l'Eſtat en
a tirez.

feruice de l'Eſtat, il a ſceu ouurīr les cœurs & les bourſes.

On peut remarquer encore que la Normandie a touſiours *Les Regiſtres du Parlemēt,& de la Chambre des Cõptes en font foy.* eſté dans le devoir tant que le Prince a eſté ſur les lieux ; & s'il y eſt arriué quelque deſordre, on ne le doit imputer qu'à l'auarice violente' de ceux qui deſeſperoient en ſon abſence vne nation qu'il protegeoit, & qui ne croyoient pas que ce fuſt aſſez de tondre le peuple, s'ils ne l'eſcorchoient tout à fait.

LXIX.
Ceux qui n'ont pas bien ſuiui ſon exemple ont tres-mal feruy le Roi & la Prouince.

L'introduction d'vn Semeſtre fatal, apres pluſieurs autres abus, cauſa des eſmotions que ſa ſuppreſſion a heureuſement appaiſées, & l'adminiſtration pacifique du Duc a eſté bien plus auantageuſe au Roi, que l'inſolence tyrannique d'vn de *Le Comte de Guiche.* ſes Lieutenans, qui ne ſembloit eſtre en Normandie que pour en faire ſortir tous les Habitans. Le Duc n'a iamais ſceu parler ny de Paris, ny d'Edicts odieux ; c'eſt pourquoi les affections de la Prouince n'ont iamais eſté partagées pour luy : comme il a eſté tout à tous, tous ont eſté au Roy & à ſon Alteſſe. Le Cardinal de Richelieu ſçeut bien reconnoiſtre cette belle verité, lors que ſur les troubles des Ianuanupiés, *1640.* il dit qu'il découuroit à veuë d'œil ce que ce Prince, qu'il apelloit ſage par excellence, valoit au Roy dans la Norman- *Memoires d'Eſtat* die ; & que faute d'auoir imité le Gouuerneur, les Lieutenans auoient tout perdu. Le Roy n'euſt pas eſté ſi peu obey, ſi l'on n'euſt rendu la Prouince ſi miſerable, que la pluſpart des ſouleuez ne ſongeoyent pas à combattre, mais à mourir, pour ſe deliurer d'vne vie languiſſante.

LXIX.
L'experience en fait foy.

D'ailleurs le Duc n'a iamais eſté homme à entretenir ſa *Voyez les Re-giſtres du Par-lement, contre* Maiſon aux deſpens d'autruy, ny à faire des voleurs auoüez de ſes Gardes ; il a touſiours creu que la Majeſté ne ſeroit iamais bien ſeruie ſi la ſubiection n'eſtoit douce ; & que les Grands de ſa condition ne deuoient auoir plus de pouuoir que les autres qu'afin d'auoir plus de moderation. Qu'enfin le cœur des peuples eſt la meilleure fortereſſe des Gouuerneurs ainſi que de Roys ; & que c'eſt vn crime plein de merite, d'eſtre odieux aux Fauoris pour aymer le peuple.

les Gardes d'vn autre Gouuerneur 1650.

LXX. La valeur du Duc a toûjours eſté auſſi éclatante que ſa prudence.

La valeur militaire du Duc, a touiours accompagné ſa prudence politique. Ie ne diray pas icy qu'il s'en alla volontaire ſuiure le Roy quand le Pas de Suze fut forcé, & que nos troupes ſe firẽt ouuertures par des montagnes, où les oyſeaux auoient peine à en trouuer. Les Sauoiards ne creurent pas pouuoir reſiſter à vne armée où les Princes meſmes vouloient eſtre Auanturiers. Ie parleray ſeulement de ce qui s'eſt paſſé depuis la rupture d'entre les 2. Couronnes, pource que le reſte du tẽps, le Duc n'a pas eu d'ẽploy au dehors de la Prouince, ſoit par la jalouſie des Miniſtres qui n'aiment pas à voir les forces d'vn Eſtat entre les mains de ceux qui ſont plus grands qu'eux, ſoit par la neceſſité du ſeruice du Roy, qui attachoit le Duc en vn lieu où il eſtoit auſſi neceſſaire au dedans, qu'il pouuoit eſtre vtile au dehors. On peut aſſurer pourtant que ſans bouger de la Normandie, le Duc a remué la pluſpart de nos armées, tant par la belle Nobleſſe & le peuple aguerry qu'il y enuoyoit de temps en temps, que par l'argent ce puiſſant nerf de la guerre, qu'il y faiſoit conduire auec vne fidelité pareille à la douceur dont il faiſoit contribuer toute la Prouince.

Dupleix ſous Louys XIII.

LXXI. Dans la paix meſme il a remué la pluſpart de nos armées.

Depuis le ſeruice du Roy ayant fait appeller le Duc de

LXXII.
Commãdant
noftre armée
en Bourgogne
il prēd Blete-
rans.

Longueville au commandement de fon armée en Bourgogne, ce Prince prit la moitié de la Comté, & par la reduction de Bleterans, qui eft vne des trois fortereſſes de ce Païs-là, il rabáttit la vaine ioye que les habitans auoient de la deliurance de Dole. Ce fut là que le Comte de Guebriant apprit fous le Duc l'art de bien faire la guerre qui luy aquit depuis fi iuftement le Bafton de Marefchal de France. Le Duc fut

1637.
Galeazzo.
Guald. 2 p.
du Soldat Suc-
dois, & autre.
Dole, Gray,
Bleteräs.

LXXIII.
Va ioindre
le Duc de
VVeimar.

en fuitte ioindre ſes troupes à celles du Duc de Vveimar, c'eft à dire qu'vn Heros en alla fortifier vn autre. Cette ionction fift eſperer à la France qu'elle emporteroit enfin vne place, que le Roi de Suede meſme auoit eftimée imprenable. Ie parle de Briſac la meilleure clef, diray-ie, de l'Alface ou de l'Empire? où l'on croyoit que les Aigles feules pouuoient entrer, quoi qu'enfin elles ramperent fous nos Lys.

1639.

Mercurius
Germanicus.

LXXIV.
Et eft la prin-
cipale cauſe de
la priſe de Bri-
ſac.

Certes le Duc de Longueville contribua fi puiſſamment à cette entrepriſe, non feulement par la défaite du fecours des Imperiaux, mais encor par l'enuoy d'hommes & d'argent qu'il fourniſſoit de fes propres deniers, que le Duc de Vveimar, comme la haute generofité n'eft iamais fans vne haute gratitude, publioit fouuent *qu'vn Prince Allemand auoit aſſiegé Briſac, mais qu'vn Prince François l'auoit pris.*

Mõfieur le
Duc de Lon-
gneville.

LXXV.
Et de fa
conferuation,
ayãt eftéchoifi
pour cõman-
der les trou-
pes VVeima-
riennes.

Le Duc de Longueville ne feruit pas feulement à conquefter cette importante fortereſſe, mais encor à la conferuer. En effect vne maladie contagieufe aiant emporté le Duc de Vveimar que la mort n'auoit iamais ofé attaquer par l'effort des armes, ſes troupes guerrieres qui croioient eftre vn corps ſãs ame ſe trouuant fans Chef, creurent ſe r'aquitter auanta-

Voyez le Man-
folée & le Dif-
cours Funebre
de Monfieur de
Grenaille.
1640.

geufement de leur perte fe voiant conduites par vn Conquerant femblable à l'autre. Ce fut en vain que l'Empereur
s'efforça de les débaucher par l'entremife des parents mefmes
du défunct ; le Duc de Longueuille les maintint dans leur
deuoir enuers la France, & fembla de nouueau prendre
Brifac empefchant qu'il ne fut rendu à fon premier Maiftre,
qui vouloit acheter à deniers contens, vne place qu'il n'ofoit
affaillir à force ouuerte. Et comme cette armée petite en
effect, mais grande en reputation & en courage, refufoit
d'obeïr à d'autres Chefs qu'à vn Prince, elle accepta d'abord
les ordres que fa Maiefté luy voulut donner voiant que noftre
Duc la commandoit.

*Galeazzo Gu-
aldo. Soldat
Suedois 11.
partie.*

LXXVI.
Le Duc paffe
le Rhin, &
range au de-
uoir le Lands-
graue de Dar-
mftad.

Or comme il ne vouloit pas laiffer inutile vn corps ac-
couftumé à vaincre, il paffa le Rhin, prit beaucoup de places
dans le bas Palatinat, qu'il munit de toutes chofes neceffaires,
& puis eftant entré dans la Vveterauie, il apprit au Lãdgraue
de Darmftad qui biaifoit tant autrefois, qu'il deuoit redouter
vne bonne guerre, s'il n'obferuoit vne religieufe neutralité.
Et comme il eft mal-aifé que des efprits accouftumez à trom-
per gardent leur parole, ce Prince Allemand ayant voulu faire
encore perdre tous fes Eftats, fans que l'Vniverfité de Mar-
pourg, ayant prié le Duc de Longueuille de les efpargner ;
Henry voulut rendre cette déférance aux belles lettres qui
ont depuis fait fon Eloge, & font à prefent fon Apologie,
qu'elles eurent le pouuoir d'arrefter en cette occafion le
progrez de fes armes victorieufes.

*Gualdo Mer-
curius Germa-
nicus, Soldat
Suedois 2. p.*

LXXVII.
Le Duc fe-
courut le Ma-

Depuis le Marefchal Banier fe trouvant fi preffé des Imperiaux, que ne iugeant pas capable de leur refifter, il meditoit

refchal Ban-
nier, & fortifie
le parti Sue-
dois qui eſtoit
fort affoibly.

ſa retraitte en Pomeranie, & l'Archiduc Leopold, Guil-
laume Generaliſſime de Ferdinand, auec les Generaux
Picolomini, Halfeld, Gleen, Merci, Coloredo, & Galas,
ayant tellement enuironné les Suedois, qu'on les regardoit
pluſtoſt comme captifs que comme ces Conquerans d'autrefois ; le Duc de Longueville fuſt les dégager, en les ioignant,
& ſembla par ſa preſence leur rendre cette vigueur, que
l'abſence eternelle de leur Roi leur auoit oſtée. Ainſi ceux
qu'on auoit comme aſſiegez oſerent en ſuite entreprendre
le difficile ſiege de VVolfembuttel, qu'ils ne quitterent en
ſuitte que pour venir prendre des poſtes plus auantageux
dans le cœur des païs hereditaires de l'Empereur. De telle
ſorte que ceux qu'on croyoit voir bannis dans vn coin de
la Pomeranie, parurent derechef dans la Franconie, dans la
Boheme, & aux portes meſmes de Vienne. Mais on peut
dire que tout ce qu'ils ont faict de beau depuis cette ionction
qui arreſta leur deſeſpoir, eſt vn fruict des trauaux du Duc
de Longueville, qui ayant tous jours beaucoup agi par ſoi-
meſme, a encore operé tant de miracles par les Alliez qu'il
a maintenus dans noſtre parti, & auſquels il reconcilia la
fortune & la victoire, lors qu'elles ſembloient les auoir
abandonnez.

1641.
1642.
Gualdo.

L'Allemagne eſt vn monde entier pluſtoſt qu'vne Prouince
particuliere, elle n'eſt pourtant pas aſſez eſtenduĕ pour la
gloire de noſtre Duc ; il faut qu'il la porte encore au païs
meſme des Ceſars, & qu'il triomphe des Eſpagnols dans
l'Italie, apres auoir triomphé des imperiaux par tout où il
les a rencontrez.

LXXVIII.
Il triomphe
encore en Italie.

Le Duc de Longueville fit en qualité de General deux voyages delà les Monts, mais touſiours auec vn meſme ſuccez pource que ſa conduite & ſa generoſité ſont touſiours eſgales. Au premier il releua le parti de France abattu par la faction Eſpagnole, & par la defection des Princes de la maiſon de Sauoye. En effect eſtant entré dans le Marquiſat de Saluſſes, il le deliura des mains de ceux qui l'occupoient pour le Prince Thomas, & par la priſe de Foſſan il facilita celle des autres places. Enfin on peut dire qu'il rendit en quelque façon la Souueraineté au fils de Madame Royale, en ce qu'il empeſcha qu'elle ne lui fuſt oſtée. C'eſt ce qui obligea les Princes engagez auec les Eſpagnols, de ſonger à ſe r'accommoder auec nous, & à conceuoir de bons deſſeins pour leur Neveu, ayant veu que les mauuais qu'on leur auoit conſeillez n'auoient que de funeſtes iſſuës.

1635.

LXXIX.
Où il reunit
les Princes de
la maiſon de
Sauoye auec
Madame Ro-
yale.

Chacun ſçait que le Prince Thomas ne nous fut depuis ennemi qu'en apparence, & que les aduis efficaces de noſtre Duc ne contribuerent pas moins à nous le gaigner, que ſa qualité de bon parent, & la crainte des armes du Roy. Et quoi que ce Prince Italien attendit encores quelque temps à ſe declarer François, il ne laiſſa pas d'en concerter dès lors la reſolution, & ce d'autant plus qu'vn Oncle auoit mauuoiſe grace d'opprimer vn Neveu, & que la generoſité Françoiſe ſçait bien mieux traitter des Grands Eſtrangers, que ne fait pas le faſte de nos voiſins.

Gualdo.

LXXX.
Il aſſeure
Cazal & prend
Nice de la
Paille.

En fin le ſang ayant rejoinct ce que la ruſe auoit diuiſé, & le Prince Thomas s'eſtant attaché au ſeruice du Roi contre l'Eſpagne, après auoir ſeruy l'Eſpagne contre le Roi,

1642.

le duc de Longueville euſt encore ordre d'aller commander en Italie pour auoir vn ſi braue ſecond.

Ainſi pendant que ce Prince après la priſe de Creſcentin, ayant vn corps d'armée confiderable, donnoit jalouſie aux places du Piedmont tenües par l'ennemi, le Duc fuſt aſſeurer Caſal & prendre Nice de la Paille. Cette place à la vérité ſe defendit aſſez bien, comme elle eſtoit bien munie par nature, par induſtrie, & par vne forte garniſon, mais ſon ſecours eſtant défait, ſa reddition fut neceſſaire, & d'autant plus ſenſible aux Eſpagnols, qu'elle leur coupoit le chemin à venir de la mer dans les Eſtats de leur Roy, & que d'ailleurs n'eſtant éloignée que de deux milles de la Duché de Milan, & cét interualle meſme eſtant ſans riuiere, elle pouuoit ſeruir aux François d'vne bonne place d'armes pour faire d'autres conqueſtes. Le Duc de Longueville fut toujours preſent à ce ſiege, & ne le rendit pas moins vigoureux par ſa valeur que par ſes ordres. Le ſieur du Pleſſis-Praſlin ſon Lieutenant General y ſeruit auec honneur, & obeïſſant exactement au Prince, dont il admiroit la prudence & le courage ; il commença dès lors de paraiſtre digne des charges & des commandements qu'il a eus depuis.

LXXXI.
Emporte Verrue

Verruë fut aſſiegée en ſuitte, ou pluſtoſt priſe, car à vn General ſi prudent & ſi actif, entreprendre & executer c'eſt *Relations d'Italie* tout vne meſme choſe ; & l'Italie ne fut pas peu eſtonnée de voir vne place qui auoit autrefois eſté aſſiege inutilement les années entieres par vne puiſſante armée, ſe rendit en peu de iours à la noſtre qui n'eſtoit grande qu'en valeur.

Mais le Duc de Longueville ne ſe contenta pas de prendre

LXXXII.
Il entre dans le Milanez & enleue Tortone.

par force fur l'Efpagnol, ce que par trahison il auoit pris fur nos Alliez, il voulut encore luy faire perdre fon propre Domaine, afin qu'il perdit l'enuie d'enuahir celuy d'autruy, & l'efperance de le retenir apres l'auoir vfurpé. Dans ce deſſein noſtre armée fortit du Piémont pour entrer dans le Milanez, où le Duc la conduifoit d'autant plus volontiers, qu'il appartenoit proprement à vn fucceſſeur de Iean d'Orleans de pourfuiure les droicts que Louys d'Orleans fon pere auoit donnez à la Couronne fur cette Prouince ; comme mary de Valentine. On aſſiegea en fuite Tortonne ville importante, tant pour eſtre vne clef de la Duché, que pour eſtre comme vne porte du commerce de cette Principauté auec la Republique de Genes. Outre que cette place commande beaucoup de païs, & bride le grand chemin, elle a vn Chaſteau efcarpé, mais où les regles de la fortificatiõ fecondẽt puiſſamment les auantages de fon affiette naturelle. La ville fut emportée en peu de iours, & les Efpagnols pour fauuer la fortereſſe dégarnirent prefque toutes celles des enuirons, afin de faire vne armée confiderable pour la dégager. Mais les foins & la liberté du duc de Longueville eurent bien-toſt mis nos lignes en fi bonne défence que l'ennemy ayant eſté deux iours à leur veuë n'ofa iamais les attaquer, & fa garnifon fortit pour faire place à nos troupes. Vne prife fi importante donna de la terreur à Milan, & fut caufe que toutes les places reuoltées par les Princes de Sauoye retomberent en la puiſſance du Roy ; les Efpagnols n'aians pas crû pouuoir conferuer ce qui eſtoit à autruy, où ils perdoyent mefme le leur.

Gualdo.

LXXXIII.
Il faut paſſer
de la guerre à
la paix, que
monſieur le
Duc de Lon-
gueville a vou-
lu moyenner
à l'Eſtat.

Ie ſuis contrainct de mettre ces grandes victoires en petit volume, pour faire voir au monde que Monſieur le Duc de Longueville qu'on void à preſent priſonnier |n'a pas mené vne vie oyſiue, & que ceux qui font tant de juſtes Eloges d'vn Prince Conquerant ont tort d'oublier ſon Beau-Frere qui euſt fait de plus grandes choſes, s'il euſt eu de plus grands emplois. Mais pource que les feruices de paix font plus agreables aux peuples, comme ceux de guerre le font aux Roys, ie veux mettre le Couronnement à la gloire du Duc de Longueville, par les foins qu'il a pris de donner le repos à la France, en étouffant tãt de fatales broüilleries qui la deſchirent conjoinctement auec toute l'Europe. On a beau parler de l'eſclat des armes ; il eſt touſiours formidable & éblouyſſant, & l'on peut dire que la paix eſt vn bien ſouhaitable qui vient d'vn mal neceſſaire qui eſt la guerre. Les Roïs font faits pour conſeruer les hommes dans les agréements de la vie, & non pas pour les porter à de continuels dangers de mort ou de ruine, & l'on doit employer la main de la Juſtice pour les Subjets, & l'Eſpée contre les ennemis eſtrangers.

Monſieur le
Prince de Condé

LXXXIV.
Combien elle
eſtoit necef-
faire à la Fran-
ce pour fe re-
faire de fes
miferes.

Cela preſupoſé, il faut voir combien la paix que Monſieur le Duc de Longueville auoit ſi fort auancée, eſtoit neceſſaire & auantageufe à la France, & comme apres auoir eſté ſur le poinct d'vne heureuſe concluſion par ſes trauaux & par ſa conduite, elle a depuis eſté renduë impoſſible par l'imprudence, ou plutoſt par la malice d'vn Fauorit. Sa neceſſité paroiſt aſſez par les miferes de la France, qui ſe trouuãt épuiſée d'hommes & d'argent, auoit befoin de ſe

Le Cardinal
Mazarin.

refaire par quelque interuale de relache, apres vne guerre fi
longue & fi violente. Les impofts eftoient fi exceffifs, &
l'Auarice Italienne auoit ajouté tant d'inuientiõs à celles des
Partifans que le Miniftere precedent auoit introduits, qu'au
lieu que le peuple eftoit cy-deuant aux abois, il paroiffoit
mort, & par confequët on n'en pouuoit plus tirer de sãg
que par vne cruauté qui foüilloit mefme dans les tombeaux.
Et comme le defefpoir eft le premier mobile des feditions,
& qu'encore que les François honnorent parfaitement leurs
Rois, il eft pourtant naturel de fe défendre de la violence
des Miniftres qui abufent de leur pouuoir, & appauuriffent
tout le monde pour s'enrichir ; ces Sang-fuës pouuoient
preffentir qu'enfin les Prouinces fe lafferoient d'engraiffer
leurs bourreaux, & de voir emporter cent quatre-vingts
millions hors de l'Eftat fans nulle reddition de compte ,
pour trouuer vne reffource à vne Pourpre criminelle, ou
luy achepter des Souuerainetez où elle a baffement feruy. *A Rome.*

LXXXV.
Et aux Fa-
uoris mefmes
pour se con-
ferver.

Ainfi outre le bien que la paix eut apporté au general du
Royaume, les Favoris ne fuffent pas tombez dans cette
mauuaife conftitution, qu'outre qu'ils font vniuerfellement
odieux à Dieu & aux hommes, ils tremblent encore dans
leur plus infolente affeurance ; & l'on peut dire que s'ils ne
periffent pas, c'eft moins par leur prudence que par noftre
foibleffe, puis qu'il eft certain qu'ils ont fait tout ce qu'ils
ont pû pour périr, en penfant fe conferuer. A ce propos
feu Monfieur le Duc de Parme, grand Capitaine & grand
Politique tout enfemble, difoit fort bien que le Mazarin
eftoit vn fol accablé d'vn poids exceffif de puiffance,

*Odoard Far-
nefe grãd Prin-
ce, grand Ca-
pitaine,& grand
Politique.*

qu'ayant herité du grand credit du Cardinal de Richelieu nonobſtant la petiteſſe de ſon eſprit, & la baſſeſſe de ſa naiſſance, il ne ſçauroit pas ſupporter ſa felicité, & qu'il feroit de luy-meſme tout ce que ſes plus grands ennemis lui pourroient conſeiller de faire pour ſe deſtruire. Ce ne fuſt pas là vn nud raiſonnement d'Eſtat, ce fuſt vne prophetie. Ce Miniſtre ſe veut perdre, & il ſe traitte comme il merite, & quelques laſches François le veulent conſeruer, c'eſt pourquoy il les traitera comme ils méritent, c'eſt à dire en traiſtres, & en eſclaues.

LXXXVI.
Il falloit crain-
dre encores les
reuolutions de
la guerre.
Mais c'eſt vn peché de meſler les intereſts des Fauoris, auec ceux de la Couronne. Diſons donc pour derniere raiſon, que le Conſeil du Roi deuoit rechercher la paix que la faueur eſcartoit comme contraire à ſes deſſeins tyranniques; quand ce n'euſt eſté que pource que les grandes guerres ſont touſiours douteuſes, & que la victoire s'eſtant declarée pour nous, pouuoit enfin ſe declarer contre nous. La fortune a beaucoup de pouuoir par tout, mais elle en a encore plus parmi les hazards des armes. C'eſt par là qu'elle a fait des Empereurs des Eſclaues, & des Eſclaues des Empereurs. Et comme la pluſpart de nos aduantages venoient autant de l'aduanture que de la valeur, il falloit craindre vn reuers, & apprehender que la reuolte que nous auions fomentée dàs la Catalogne, dans le Portugal, dans la Sicile, & dans le Royaume de Naples, ne fuſt enfin portée dans Paris, dans la Normandie, dans la Prouence, & dans la Guyenne, & fomentez par des ennemis irritez, qui ſembloyent ſe pouuoir iuſtement vanger du mal que nous leur auions

fait en nous en faifant fouffrir vn femblable. Il me fouuient auffi que Louys XIII. qui auoit de bons fentiments de Roy, fi le Miniftere luy eut toufiours laiffé la liberté de s'en feruir, ne voulut point d'abord ouyr parler de la protection des Catalans, de peur de donner enuie aux Efpagnols de pro- *Reuolutioni di Calaluna.*
teger fes Gafcons, & fes autres peuples.

LXXXVI.
Principale-
ment fous vne
longue mino-
rité.

Enfin la paix eftant toufiours neceffaire quand la guerre eft dommageable & dangereufe, elle l'eft encore plus durant vne longue minorité, car en cét eftat là le Prince eftant foible en âge, le gouuernement le plus vigoureux eft toufiours tremblant, principallemēt quand la quenoüille femble plus puiffante que l'efpée. Vne Regence eft toufiours pleine de moleffe en la perfonne d'vne femme, & vne nation accouftumée à obeyr à des Lyons, trouue peine à fuiure vne Biche. D'ailleurs l'Eftat eftāt lors expofé aux inuafions des Eftrāgers, qui craignent moins vn Enfant qu'vn Heros; & aux reuolutions que caufent l'ambition des Grands, & les murmures des petits; on ne peut mieux affurer la Majefté que par la Paix, qui étouffant toutes les femences de difcordes au dedans, rabat auffi les vaftes efpe-rances des ennemis du dehors.

LXXXVII.
Bel exemple
à ce propos.

Philippes II. Roy d'Efpagne furnommé le Sage, & qui l'eftoit en effect; ce Prince qui de fon Cabinet de l'Efcurial *Vida de D. Phelippe il Sa-bio D. Carlos Coloma.*
fe vantoit auec raifon de remuer les deux mondes, nous fourniffoit vn bel exemple fur ce fuject; fi nous euffions fçeu nous en feruir, puifque les ennemis font quelquefois les meilleurs confeillers, pource qu'au lieu de flatter ils bleffent au vif. Ce Prince fe voyant dans fa decreptitude &

par confequent incapable d'agir auec cette vigueur virile qui lui auoit fait executer de fi grandes chofes, confidera qu'il ne laifferoit pas vn Fils mineur à la verité, mais qu'il auroit moins de genie, & de conduite que fon pere, & qu'il ne falloit pas commettre vn jeune Monarque, contre vn vieil Conquerant comme eftoit le Grand Henry. Ainfi pour conferuer fes Eftats à fon Fils, il voulut perdre fes conqueftes ; pour entrer feulement en Traité de Paix auec nous, il nous rendit tout ce qu'il auoit pris, & crût beaucoup gagner fe mettant en eftat de ne rien perdre du fien. Suiuant cela ne deuions nous pas faire la Paix fous vn Roy mineur, que l'autre fit pour la majorité d'vn Infant qui luy deuoit fucceder, & qui eftoit encore en pouuoir de faire vne longue guerre, abondant en argent que les Indes luy fourniffoyent au lieu que nous n'en pouuions tirer, qu'en exprimant les dernieres gouttes du fang François : D'ailleurs quelle gloire & quelle benediction euft-ce efté à la Reyne, de couronner dans le bas âge de fon Fils, vne œuure que Louys XIII. auoit voulu, mais n'auoit pû acheuer pour le foulagement du peuple ; d'auoir mis fur le ieune front d'vn Monarque des Lauriers affurez, & d'auoir reduit l'Efpagnol, qui vouloit deuorer l'Europe par fon deffein de Monarchie vniuerfelle, à nous ceder fes plus fortes places, & les meilleures Prouinces de fa Maifon ? Bien loing de rien rendre comme auoit fait Philippes, nous gardions ce que nous auions acquis, & nous n'auions plus lieu de rien hazarder, où nous demeurions dans la poffeffion abfoluë des conqueftes effentielles.

Il rendit Dourlans, Calais & beaucoup d'autres places.

LXXXVIII.
La Paix eftoit
auffi auâta-
geufe que ne-
ceffaire.

Auffi ay-ie dit que la Paix n'eftoit pas feulement neceffaire à la France, mais encore qu'elle luy eftoit tres
auantageufe. En premier lieu la France pouuoit fe vanter *Vide de Carlos V.*
qu'en fa faueur la Politique ordinaire fe renuerfoit, & que *il Maluezzi.*
ces Efpagnols qui fe vantoyent que leurs Roys font mortels,
mais que leur conduite eft éternelle, & qu'ils auoyent
toufiours gagné fur nous dans le Cabinet ce qu'ils auoient
perdu à la campagne ; bref qu'vn trait de plume les auoit
fait r'acquitter des pertes que nos Efpées leur auoient fait
fouffrir ; trouuoyent à ce coup que nous ne fçauions pas
moins agir dans le Confeil que dans le combat, & qu'ils ne
deuoyent pas moins craindre nos Traitez que nos Victoires.

LXXXIX.
Nous ga-
gnions plus au
Confeil qu'aux
combats.

Auffi certes n'auoyent-ils pas veu dans les Negotiations,
vn Prince de la valeur, de la prudence, & de l'adroitte
fidelité de Monfieur le Duc de Longueville, qui eftant iffu
de la Maifon royale, eftoit hautement intereffé à en conferuer les droicts ; qui aymât paffionnement la France,
comme il eftoit paffionnement aymé des François, portoit
également l'intereft du Roy & du bien public, & qui ayant
fait vne partie des plus belles conqueftes de la Monarchie,
fe fentoit noblement engagé d'honneur à les maintenir.
Outre cela l'on peut dire que tant de Traitez qui s'eftoient
faits depuis l'eftabliffement de cét Eftat ; il ne s'en eftoit
iamais veu de fi glorieux, ny de fi vtile pour la France
qu'euft efté celuy de Munfter. Car outre qu'elle donnoit
par là vne heureufe Paix, non feulement à vne Prouince,
mais à toute l'Europe qui fe trouuoit engagée dans la
guerre, elle en receuoit encore les principaux fruicts de-
meurant en poffeffion d'vn eftat plus fleuriffant que celuy

qu'elle auoit autrefois fous les Charlemagnes : & voyant des Prouinces de toutes langues de nouueau fujettes aux Fleurs de Lys.

Par les autres Traitez, elle auoit efté occupée à rendre pluftoft qu'à gagner, à repouffer les ennemis pluftoft qu'à pouffer fes conqueftes, à pacifier les troubles ciuils, au lieu de s'aduancer dans les pays eftrangers. Elle auoit traitté auec les Goths, mais c'eftoit pour eftablir la Monarchie dans les Gaules. Elle auoit negotié auec les Lombards, mais le S. Siege auoit eu tout l'auantage de nos Paix comme de nos guerres. Elle s'eftoit adiuftée auec les Normands, mais ce fuft en leur cedant la meilleure de fes Prouinces. Ses Traitez faits auec les Allemands, luy auoyent conferué la Monarchie, mais luy auoyent ofté l'Empire. La Paix concluë auec les Anglois eftoit comme forcée ou honteufe ; & au bout elle ne nous donnoit que ce qu'ils auoiĕt pris fur nous. Les Efpagnols & les Italiens plus fins que les autres peuples fe joüoyent de nos Agents François dans les negotiations, & nous obligeant à garder noftre parole pour leurs auantages, ils violoyent impunément là leur pour nous faire perdre les noftres. D'ailleurs le Marefchal de Montluc fe plaint auec raifon de ce que pour r'auoir vn homme priué nous auions rendu quatre cens places, & dit qu'il n'auroit iamais tiré l'efpée s'il eut crû qu'un peu d'ancre eut effacé tous les traits de nos triomphes. Quelle foibleffe n'a t'on point remarquée dans les ajuftemĕts faits auec les Religionnaires & les Ligueurs, quand vn Roy qui s'eftoit obligé par vn ferment folennel à ruiner les Heretiques les conferuoit,

Paul Æmil, Procopius. Hiftoire de Normandie, &c.

Dans fes Commentaires.

souffroit Temple contre Temple, & receuoit la loy de fes Subjets, des conseils trop mols l'empefchant de la leur donner.

XCI.
Quels en euffent efté les fruicts.

Enfin tous les Traitez precedents ont efté pleins d'imprudence, ou de foibleffe, de perte ou de honte pour nous, au lieu que celuy de Munfter s'il eut efté conclu comme il pouuoit l'eftre, & qu'il eftoit bien concerté, eftoit remply d'vne prudence genereufe, & d'vn profit glorieux. Les Aigles Imperiales qui s'en eftoyent volées hors de cét Eftat, nous laiffoyent de leurs meilleures plumes, & la Maifon d'Autriche qui croyoit tout engloutir rendoit gorge. Nos Alliez eftoyent affeurez, & les vns prenant de nouuelles Prouinces, on rendoit aux autres, celles que leurs ennemis auoyent vfurpées. Les Hollandois qui ont traitté fans nous traittoyent auec nous, & la Flandre qui nous paroift formidable éftoit lors effrayée, nous laiffant fes places de deffence entre les mains. La domination Frãçoife demeuroit au dela des Alpes ainfi que des Pyrenées, & le Rhein eût parlé nôtre langue comme la Seine. Enfin la France que nos guerres domeftiques auoyent empefchée de fonger aux conqueftes étrãgeres reprenoit de nos iours les bornes des anciennes Gaules. Ie voudrois bien mettre icy les articles particuliers d'vne fi haute negotiatiõ ; mais outre qv'un projet n'eft pas vn Traité formel, & que tout a efté rompu, quoy que les principaux poincts fuffent arreftez ; ie ne puis parler qu'à regret, d'vn fuject fi beau, pource que tant de caufes agiffantes n'ont pas eu leur dernier effet, & que pour le malheur de la France, qui n'eft pas encor à la fin de fes peines, la fourberie du Mazarin a efté plus puiffante dans l'Eftat que la fage conduite d'vn Prince.

XCII.
Principaux
poinæts arreftez. Il fuffit de dire que le flanc de cette Monarchie qui n'eft ouuert à l'Efpagnol que par la Flãdre, demeuroit couuert par Hefdin, par Bapaume, par Landrecy, par Arras, par Graueline, par Dunkerque, & par tant d'autres places, qui nous donnoyent entrée dans le cœur d'vn pays, qui nous faifoit autrefois comme à prefent craindre fes inuafions. Que Sedan, Stenay, Marfal, Iamets, Clermõt euffent em-pefché la Lorraine de nous nuire quand bien elle feroit reftituée, veu principalement que nous l'enfermions, tant par la Franche-Comté, dont vne partie nous demeuroit auec Bleterans, que par les deux Alfaces, qui eftoyent comme deux fleurons ajouftez à la Couronne, & par les fortereffes de Brifac & de Philifbourg qui nous donnoyent moyen de maintenir nos conqueftes deçà le Rhin, & le paffage au delà pour fecourir nos Alliez, & entrer bien auant dans les Allemagnes. Qu'au refte le Rouffillon que l'imprudence, ou la perfidie d'vn Confeffeur fit rendre à Charles VIII. reftoit entre les mains de Louys XIV. que Perpignan, Colioure & Rofes nous euffent feruy de pro-menoirs affeurez pour voir fi le Roy Catholique eut entre-tenu la neutralité que nous moyennions aux Catalans durant vingt années ; qui enfin euffent obtenu un pardon infaillible, puis qu'vn Monarque fi puiffant que le Roy Tres-Chreftien, eut efté leur Caution & leur protecteur. Que le Roy de Portugal eût pû eftre plus auantageufement fecouru, en ce que par le mefme Traité nous euffions pû fans rompre auec

*Comines Bel-
leforeft.*

Madrit fecourir Lifbonne, comme on fecouroit jadis la Hollande du tëps mefme des Archiducs Albert, & Ifabelle Claire Eugenie. Que l'Italie ceffoit d'eftre le Cimetiere des François, puis qu'elle nous ouuroit fon cœur, tant pource que Cazal ne fortoit pas tout à fait de nos mains, tombant en celles des Suiffes nos Alliez, que pource que Pignerol nous donnoit toufiours vne porte ouuerte dans le Milanez & dans le Piedmont. Que le duc de Sauuoye pouuoit auoir plus d'aduantage dans cette Paix que dans noftre protection, puis qu'outre qu'il eut refait fes Eftats que la guerre auoit efpuifez, Verceil encor & tout ce que les Efpagnols y tiennent luy eftoit gratuitement rendu, apres auoir efté pris auec tant de fatigue & de defpence. Voila fommairement les fruicts qu'on eût infailliblement receus de cét illuftre Traité qui laiffant la France calme au dedans, l'euft laiffée victorieufe & toute puiffante au dehors.

XCIII.
Cette Paix fi belle eft deuenuë impoffible par l'imprudence malicieufe de quelques Miniftres.

Mais vne Paix qui eftoit fi facile & fi auancée, eft deuenüe impoffible. Monfieur le Duc de Longueville & le fieur d'Auaux y agiffoyent de bon pied, mais le fieur Seruient ne pouuoit voir que de mauuais œil vn Traité qui ne plaifoit pas au Mazarin fon bon Maiftre. Ainsi il déconcertoit mal à propos ce que les autres auoyent iudicieufement arrefté, & pour monftrer que fon Ambaffade n'alloit pas à la Paix, il formoit à tous rencontres des querelles à fon Collegue. Il faifoit reuoquer par vn Courier appofté les ordres qu'vn autre auoit apportez, & faifant tous les iours des demandes impertinentes, il falloit refufer les raifonnables qui auoyent efté accordées. Pource que fon Eminence vouloit auoir

Voyez les Relations d'Amfterdam, & la Lettre de Monfieur d'Auaux.

Piombino et Portolongone pour s'en faire vne principauté,
en defpoüillant le Prince Ludouifio, & nous rendant par là
le Pape ennemy; il fallut hazarder la feureté de nos autres
conqueftes, & mettre toute la gloire de la France en com-
promis pour le caprice d'vn Italien, qui vient de perdre ces
deux Afyles. On iugea bien par la qu'on n'auoit pas enuoyé
le Duc de Longueville pour conclurre la Paix, mais pour
efloigner vn Prince trop clairuoyant au Confeil, pour entretenir le tapis, & amufer la Chreftienté par vne attente fpe-
cieufe. On vit bien que ce Miniftre poftiche n'aduançoit
les affaires qu'à deffein de les reculer, & que pour obliger
les François à luy laiffer prendre impunément toute leur
fubftance, il les flattoit de ce doux nom de Paix dans le
deffein caché de continuer toufiours la guerre. On vit bien
que pour faire prendre la Candie au Turc, il vouloit empefcher que les Venitiens ne reçeuffent aucun fecours,
mefme de leurs Alliez. On vit bien que pour feruir le Roy
d'Efpagne dont il eft Subjet naturel, il iugeoit qu'il falloit
luy rendre ce qu'on luy auoit pris auant que de rien conclurre : ou du moins attendre l'occafion qu'il fuft en eftat
de fe r'acquitter de fes pertes. On vit bien qu'il vouloit
rendre odieufe vne Reyne à qui il a de fi grandes obli-
gations, puisqu'il l'empefchoit de cueillir vn fruict fi aduan-
tageux pour Elle & pour fes Enfans, qu'il la rendoit fufpecte
aux François, comme fi eftant bonne Chreftienne, Elle eut
voulu faire reftitution au Roy Catholique fon Frere, & qu'il
luy faifoit continuer les oppreffions d'vn peuple, qui maudit
vn gouuernement qu'il eut beny s'il s'en fuft veu foulagé

par le plus doux de tous les biens. On vît bien qu'il ne se
soucie pas de risquer tout pourueu qu'il subsiste, & qu'il
puisse sauuer ses vols, parmy les debris de la France, ausquels
il a donné de si grandes ouuertures, bien loing d'y apporter
des obstacles, par vne précaution iudicieuse. Enfin on re-
connust bien que l'enuie qu'il auoit contre le Duc de Lon-
gueuille l'obligea de trauerser les bons desseins de ce Prince, Le Comte de
Dunois.
& d'empescher qu'il n'eust la gloire d'estre à l'imitation du
Chef de sa Maison, le second Restaurateur de la France. En
effet ce Prince n'eust pas moins acquis d'aduantage à cet
Estat par la Paix que l'autre auoit fait par la guerre ; & il
peut se vanter d'auoir mis vne partie de son bien à nous
donner du repos, apres auoir employé l'autre à nous
deffendre des ennemis, & à faire des conquestes pour la
France.

XCIV.
D'où vient
que les fauo-
ris ont tant
d'auersion à la
Paix.

Or il ne nous est pas difficile de deuiner d'où vient l'a-
uersion qu'ont les Fauorits pour la Paix, que les gens de
bien recherchent auec tant de passion. Ceux-là n'ignorent
pas que leur pouuoir n'estant estably que par des voyes tyranniques, ils ne sçauroient le maintenir qu'auec violence ;
& qu'ils ne seront considerez que tant qu'ils seront redou-
tables. D'ailleurs sous pretexte d'auoir de secretes intrigues Machiauel,
Memoire du
Card. de Ri-
chelieu.
dedans & dehors le Royaume, & d'estre les premiers mo-
biles de tant de Machines qu'ils font agir, ils taschēt de se
rendre necessaires aux Souuerains, qui ne voyent pas qu'ils
sont fourbez sous pretexte d'estre seruis. On peut dire encor
que comme les Mignons de Cour estans les ennemis de
tout le monde, prennent tout le monde pour ennemy, ils

font bien aifes de voir deftruire ceux qu'ils deuroient conferuer ; c'eft ainfi qu'vn Italien croit qu'en fe deffaifant des
François par des armes heureufes ou malheureufes, il fe
deffait d'autant d'aduerfaires. Ajoûtez à cela que voulant
appuyer par la force vne puiffance qui ne fçauroit fe
deffendre par Iuftice, il faut que leur crédit foit armé,
pource que fans armes il feroit mefprifable, & que tel fe
riroit de leur perfonne, qui craint des menaces lefquelles
peuuent fe faire fentir. Qui ne fçait encor que pour obfeder
l'efprit des Roys, & efcarter d'autour d'eux tous ceux qui
donnent de l'ombrage à de petits Tyranneaux, la guerre eft
neceffaire pour fe deffaire des vns les expofant aux hazards
où leur valeur les conduit, & efcarter les autres en leur
donnant des employs fpecieux pour la milice. Enfin comme
la guerre dont l'argent eft le nerf, eft vn fonds inefpuifable,
& que l'Artillerie, la Marine, la fubfiftance des troupes,
font de grands pretextes pour leuer des fommes immenfes,
& des chemins couuerts pour les deftourner, ou dans des
bourfes fecrettes, ou hors du Royaume ; il ne faut pas
s'eftonner, fi ceux qui veulent defpoüiller l'Eftat comme
des Mercures larrons, veulent toufiours facrifier à Mars.
C'eft ainfi que fous couleur d'enuoyer noftre argent pour
reuolter la Sicile & Naples, on l'a mis dans les meilleures
Banques de Rome & de Genes, comme à préfent que le
Mazarin craint de tomber, il laiffe la Picardie fans armée
faute d'argent, cependant qu'il en enuoye en Italie, non pas
pour fecourir des places qui font defia prifes, mais pour ne
nous rien laiffer de refte quand il nous fera la grace de nous

*Voyez les Re-
giftres du Par-
lement de Pa-
ris, 1647.8.9.*

quitter. Apres tout comme les Eftats font indifferents à ceux qui ne les feruent que pour les ruiner, & que les Fauorits qui fe voyent aimez des Roys & des Reynes, n'ayment guere les Royaumes : il leur importe peu pourueu qu'ils foyent riches, que les Sujets foyent heureux ou infortunez, & ils voyent plus volontiers la deftruction que la felicité des peuples, s'imaginant que ceux qui n'ont plus de dents ne fçauroyent mordre ceux qui les rongent.

XCV.
La France ne laiffe pas d'eftre obligée aux foins de Monfieur le Duc de Longueville ; & Madame nous peut encor dôner la Paix.

Voila fommairement les motifs qui ont obligé le Cardinal Mazarin de ruiner le project de la Paix que le Duc de Longueville alloit eftablir. Ce Prince a pourtant cét aduantage qu'il l'auoit entreprise auec vn courage heroyque, maniée auec vne addreffe merueilleuse, & fait aduoüer aux Efpagnols qu'il ne fçauoit pas moins agir de la tefte que du bras, ny triompher par la langue que par l'efpée. Or bien qu'ayant vne paffion tendre pour la France, comme il en a, il n'ait pû voir fans vn extréme regret tant de beaux fondemens renuerfez, il a pourtant cette confolation qu'il y a apporté tous fes foins, & que ce n'eft pas le malheur ny la nature des affaires, ny l'opiniaftreté du party contraire, qui a fait auorter fon deffein, mais la malice des Miniftres. Il a encor ce foulagement que ceux qui ont empefché ce bel effet, fe reffentent les premiers de l'auoir rendu impoffible ; car outre qu'ils n'efperent plus de reuenir à vne fi belle conftitution, ils voyent que pour auoir perdu vne occafion fi fauorable, ils ont mis l'Eftat & leur fortune mefme dans vn hazard, d'où Dieu feul qui ne fait pas toufiours des miracles, principalement où il void des imprudences mali-

cieufes, les peut tirer. En effet les Efpagnols qui se ren-
doyent à toutes les conditions qu'on leur vouloit impofer,
nous veulent maintenant donner la loy, & ils voyent à prefent dans les plus belles de nos Prouinces, le feu que nous
auions allumé dans les leurs. Nous ne conqueftons plus
chez eux, ils conqueftent chez nous. D'ailleurs Pennaranda
traita le Mazarin de Faquin pendant que noftre armée par
vne déference injurieufe à la Reyne encor plus qu'à la Couronne, rendoit à ce ridicule Generaliffime les honneurs
qu'on ne doit rendre qu'à la perfonne du Souuerain ; &
Lionne qui vouluft renoüer à Cambray en euft pour ref-
ponce que les Grands d'Efpagne ne fe commettoyent pas
auec de petits Commis. Enfin les Plenipotentiaires eftans
retirez la Paix eft defefperée, & Madrit efpere plus de la
fuite des troubles de Paris, qui ne cefferont iamais que les
fourbes ne ceffent d'eftre, que du gain de trente Batailles.
Il eft vray que nous efperons qu'vne Princeffe qui auec
noftre Duc tafchoit d'aduancer fi puiffamment le Traité de
Munfter l'acheuera dans la France, & nous donnera par
l'effort des armes vne Paix que les Fauorits n'accepteroyent
iamais autrement. Ce remede eft violent, mais l'Eftat eft
fort malade, & quand vn Confeil eft infenfible pour le
guerir, il faut fans luy en demander la permiffion y appliquer
le fer et le feu. Elle ne combat pas pour les Efpagnols,
mais pour les François, & ne fonge pas à rendre ces deux
Nations irreconciliables, mais à les reconcilier par vne paix
fondée fur la parole des Princes qu'il faut deliurer pour cela,
& non pas fur la fourberie des Miniftres qu'il faut punir

apres que les criminels auront pris la place des innocens.

Ie me ſuis longtemps eſtendu ſur cette Paix, pource que c'eſt le ſeul crime de Monſieur le duc de Longueville de l'auoir ſincerement entrepriſe, de l'auoir fort aduancée, & de s'eſtre plaint hautement de ce qu'on l'auoit empeſché de donner vn ſi grand bien à la France ainſi qu'à toute la Chreſtienté. Il eſt vray qu'il en teſmoigna genereuſement ſes reſſentiments à leurs Majeſtez, & leur fit voir que les Miniſtres enuieux de la gloire du Roy, & du bon-heur du Royaume, auoyent trauerſé vn projeɛ qu'ils deuoyent ayder de tout leur pouuoir, & s'eſtoyent joüez des grands ſoins d'vn prince de ſa condition, comme s'ils ne l'euſſent enuoyé à Munſter que pour l'eſcarter de Paris, & qu'ils ne l'euſſent employé ſi long-temps à concerter toutes les plus grandes affaires que pour n'en conclurre aucune. On aduouë encor qu'il trouua eſtrange que nos Fauorits luy refuſaſſent des déferences que les Grands d'Eſpagne dans tout leur faſte luy auoyent renduës; & que bien loin de recompenſer ſes bons offices enuers l'Eſtat, ils euſſent le front d'offencer indignement ſa perſonne & ſa qualité. C'eſt ce qui l'obligea de ſonger aux moyens de vanger les affronts qu'on faiſoit à la Couronne & à ſa Maiſon, & de s'vnir d'intereſt auec ceux qui vouloyent perdre vn Miniſtre, qui alloit perdre toute la France. Le meſme motif lui fiſt offrir ſes ſeruices au Parlement de Paris contre vn Conſeil cor-rompu, eſperant que cét Auguſte Senat pourroit renoüer le Traité de Paix que des auortons auoyent fait rompre.

Si le ſieur de Seruient euſt voulu dire la vérité, il auroit

XCVII.
Les autres
charges font
imaginaires,
comme il pa-
roiftra par les
répôces fui-
uantes.

marqué ces belles charges contre le Duc de Longueville,
au lieu d'en fuppofer d'imaginaires dans cette fameufe
Lettre, qui ne marquant aucune faute réelle des Princes,
découure manifeftement les tours malicieux des Miniftres,
& les foibleffes d'vne Regence mal confeillée. Or bien que
les fauffetez fe deftruifent d'elles-mefmes, deflors qu'elles
fe defcouurent & que l'innocence de la conduite & des
actions du Duc de Longueville foit plus fortes que les im-
poftures de fes enuieux comme de fes ennemis; ie veux
neantmoins les iuftifier par les chefs mefmes dont on l'ac-
cufe, & faire voir que le feul mal qu'il a fait, c'a efté de
n'en faire pas affez contre des Fauorits qu'il eftoit obligé de
pouffer à bout. Voici comme les fieurs de Seruient & de
Lionne fous le nom de Phelypeaux inftruifent le procez de
ce Prince, & que ces grands hommes d'Eftat font parler vn
Roy enfant.

Quand à noftre Coufin le Duc de Longueville, nous nous
eftions promis que le grand nombre de graces que nous luy
auions accordées, foit en places, foit en honneurs & en biens,
& que nous auons mefme beaucoup augmentées depuis nos der-
nieres Declarations de Paix, l'obligeroyent fuiuant fes promeffes
& fon deuoir à procurer de toute fa puiffance, le repos de la
Prouince que nous luy auons confiée, & le bien de noftre feruice
dans le refte de l'Eftat; Mais nous auons remarqué depuis ce
temps-là qu'il n'a rien obmis d'extraordinaire, & d'injufte pour
acquerir dans fon Gouuernement vn credit redoutable. Qu'il
ne s'eft pas contenté d'y poffeder diuerfes places tres-confide-
rables, dont l'vne a efté arrachée de nous en dernier lieu par

Lettre du Roy
adreffée au Par-
lemët fur la
détention des
Princes.

les artifices que chacun a veus, ny de voir prefque toutes les
autres auffi bien que les principales charges de la Prouince
entre les mains de fes dépendances.

C'eft mal à propos que le Cardinal Mazarin penfe mettre
dans le tort Monfieur le Duc de Longueville fous vn pretexte d'ingratitude, veu que ce Prince n'a prefque rien receu
gratuitement de la Minorité du Roy, & qu'il tenoit tout
d'vn Roy Majeur, pour le feruice duquel il auoit engagé
tout fon bien. L'Italie et l'Allemagne ont veu les fommes
immenfes que la guerre lui a coufté, & les defpences du
Traité de Munfter font encor à payer à la Maifon de ce
Prince. Mais de quel front eft-ce que des Fauorits qui de
valets qu'ils eftoyent font deuenus comme Souuerains, & à
qui l'on ne fait pas de préfents par de menus comptes, mais
par millions, par Gouuernements d'importance, & par les
plus gras Benefices du Royaume, ofent reprocher à vn
Prince de petits bien-faits, lors qu'il n'en deuroit receuoir
que de grands ? On luy reproche des places données, & on
luy a ofté mefmes celles qu'il auoit achettées comme
Dieppe. Pour les honneurs il n'a receu de la Regence, que

la qualité de Plenipotentiaire, qui eft beaucoup au deffous
de la condition d'vn Prince, luy eftant commune auec
Seruient. De biens on ne fçauroit montrer qu'il en ait
iamais receu, & il s'eftimeroit affez obligé fi ce qu'il a
auancé pour la Couronne luy eftoit enfin rendu. On veut
peut eftre mettre en auant le Chafteau de Caen & le Pont
delarche, mais l'vn luy a efté donné comme vn dédomma-
gement pluftoft que comme vne reconnoiffance de fes

1643.

8

glorieux trauaux pour la Paix ; & l'autre, pour fon argent, quoy qu'il deuft l'emporter comme vn fruict d'vne guerre qu'il auoit facilement appaifée, quoy qu'il peuft la pour-fuiure bien juftement.

C.
Les Princes n'ont pas vou-lu prendre le Haure , mais le fauuer.

Pour le Haure, il eft vray qu'on l'arracha pour ce coup d'entre les mains d'vn Miniftre qui fait parler un Roy Mi-neur ; car ce qui obligea les Princes d'affifter au mariage du Duc de Richelieu, & de le faire retirer dans fon Gouuer-nement, fuft l'auis certain qu'ils eurent que le Cardinal Mazarin en donnant vne niepce à ce jeune Seigneur, deuoit par intelligence auec la Ducheffe d'Aiguillon, & par con-niuence de la Reine prendre cette clef du Royaume pour en faire vn refuge à fes vols & à fes crimes. Mais on a fuiet de s'eftonner qu'on fe plaigne qu'vn Prince ait poffedé diuerfes places tres-confiderables, & qu'il les ait mifes entre les mains de fes dépendants, veu que le Marquis d'Ancre qui n'eftoit pas de fa condition, auoit bien de plus hauts auantages en Normandie lors qu'il en eût le Gouuer-nement. Nous auons defia veu qu'outre les garnifons qu'il auoit à fa déuotion dans Caen, dans le Pont-delarche & dans Honfleur, il faifoit encore fortifier Quillebœuf pour en faire vne place d'armes pour fes deffeins ambitieux, & qu'ayant fait tous fes efforts pour emporter le Haure par argent ou par adreffe, n'eftant pas encore en eftat de l'auoir à force ouuerte, il auança diuerfes propofitions pour re-baftir le Fort Sainte Catherine, & donner par là vn frein à l'Authorité Royale auffi bien qu'à la ville de Roüen. Mon-fieur le Duc de Longueville n'a iamais eu des projects fi

Dupleix.

CI.
Le Marquis d'Ancre auoit plus d'auanta-ges en Nor-mandie que le Duc de Lon-gueville.

vaſtes, & on a tort de trouuer étrange, qu'on ait donné quelque choſe à la condition & aux grãds ſeruices d'vn Prince, veu qu'on a tout donné à l'ambition d'un petit Eſtranger, qui bien loin de ſeruir l'Eſtat, ne ſongeoit qu'a s'eſtablir par ſes ruines.

CIII.
Le Cardinal
Mazarin a plus
d'eſtabliſſe-
ments fauora-
bles que les
Princes.

Le Cardinal Mazarin encore qui croit qu'on luy oſte tout ce qu'on donne à d'autres, & qui iuſques icy s'eſt plus attaché à prendre tout noſtre argent, que toutes nos places, ſçachant bien qu'il en achetteroit en ayant le prix en main, & qu'elles ne le ſuiuroyent pas cõme ſon threſor, quand il ſeroit ſorty du Royaume; n'a pas laiſſé de ſe ſaiſir du Pont S. Eſprit, & de la Fere pour auoir vne retraite aſſurée; & ce n'eſt que par miracle que la Citadelle d'Amiens, & Peronne luy ont échapé, après tant de brigues qu'il a faites pour les auoir. Mais Monſieur le Vidame, & Monſieur d'Hoquin-court, n'ont pas voulu luy vendre ces places, quoy que le Duc d'Elbeuf luy eût vendu le Gouuernement. Ie ne diray point icy que Sedan, Nancy, Briſac, Philiſbourg, Per-pignan, & tant d'autres fortereſſes ſont à ce Miniſtre eſtant abſolument à ſes dépendants : & que faignant de ſoûmettre Bellegarde, Caen, Dieppe, & le Haure au Roy, il en a dépoüillé la Majeſté pour en aſſurer le Miniſtere. Le Duc de Vendoſme, ce vieil Ceſar de nom ſeulemẽt, n'a t'il pas dit publiquement qu'il voudroit bien n'auoir pas aſſiſté à la redditiõ d'vne place qui ceſſoit d'eſtre au Roy & aux Princes pour eſtre à vn Fauory; D'ailleurs le Duc de Ri-chelieu eſt-il aujourd'hui que ſimple Lieuteãt d'vne place dont il eſtoit Gouuerneur, puis qu'il n'en a que le titre, &

Ce Duc dit
ce mot.
Non pas pour
zele enuers l'Eſ-
tat, mais pour-
ce qu'il y vou-
loit metire vne
de ſes creatures.

que la garnifon eft à fon Eminence bonne amie de fa Tante, dont le Deftin femble porter qu'elle porte toûjours l'intereft des Cardinaux ? Les auortons de la Fortune dépoüilleront donc le Roy, & les Princes feront vn crime de s'oppofer à fa dépoüille, & de prendre des places pour les luy conferuer, au lieu que des Eftrangers, ne s'y introduifent que pour s'y cãtõner, ou les reuẽdre à l'ẽnemy ?

CIV.
La plufpart de ceux qu'on appelle dépendãs du Duc dépendoyent de la faueur.

Enfin on a tort de dire que Monfieur le Duc de Lõgueville eût mis les places plus confiderables de fon Gouuernemẽt entre les mains de fes dépendants ; car il a bien paru par l'éuenement, que la plufpart de ceux qu'il auoit mis dedans auoyent toûjours beaucoup plus dépendu de la faueur que de leur deuoir. Celuy qu'on peut dire avoir efté le plus attaché à l'honneur & au feruice de la Maifon du Duc, c'eft Monfieur de Chamboy, qui a pourtant efté le moins auantagé, mais qui a remporté cette gloire qu'il a toufiours fuiuy le bon party, & qu'il n'eft pas forty du Pontdelarche par cabale ou par crainte comme les autres, mais par les ordres du Roy, & d'vne Princeffe, qui lui commanda de le rendre ; ce qu'il fift d'autãt plus volontiers qu'il n'eftoit pas en eftat de s'y maintenir. En quoy l'on vit clairemẽt la iuftification du Duc de Longueville, qui n'auoit pas les mauuais deffeins qu'on s'imagine, puis qu'il ne pouruoyoit pas bien aux places qui pouuoyent eftre attaquées les premieres, & donner par leur refiftance ou par leur reddition l'exemple aux autres pour les fuiure. Les Commandans du refte des places obeïffoient pluftoft au Cardinal Mazarin, qu'au Prince. Le Marquis de Beuuron qui eftoit dans le

Ce Gentilhõme a toufiours genereufement feruy, tant en Allemagne qu'ailleurs, dãs le malheur encore plus que dans le bonheur de ce Prince.

Vieil Palais, & qui en auoit receu la poſſeſſion du Duc,
comme ſa Maiſon deuoit toute ſa fortune aux predeceſſeurs
de Henry; ne fut-il pas ſur le poinct d'y arreſter Madame
de Longueville, & cette Princeſſe ne receut-elle pas la honte
d'eſtre contrainate de ſortir d'vne ville, que Monſieur ſon
Mary auoit tant aymee, & qu'il aymoit auec vne tendreſſe
particuliere? Les larmes que ſon Alteſſe & le peuple ietterët
en cette occaſion firent bien voir qu'on ne les ſeparoit
qu'auec violence, & que tous les habitans croyoient eſtre
chaſſez de leurs maiſons ne les voyans plus ſous la protectiõ
de la Maiſon de Longueuille. Et quoy que le Conſeil d'en
haut ait depuis donné à la Ferté-Imbaut, les charges de
Beuuron, ce n'eſt pas tant vne marque de l'innocence de ce
dernier, que de la duplicité d'vn Conſeil fourbe, qui ne ſe
fie pas à luy, voyãt qu'il a trompé ſes bien-facteurs, quoy
qu'il ne puſt attendre que du malheur du coſté des Fauorits.
D'autres encor qui pour auoir eſté trop mols ſe ſont veus
perſecutez par la tyrannie renaiſſante en la perſonne du
Cardinal Mazarin doiuent imputer leur malheur à leur ne-
gligence, & non pas au zele qu'ils auoient pour le reſtabliſſement d'vne Maiſon, dont ils ont ſemblé abandonner les
intereſts pour faciliter ſa ruine. Ils ont eſté punis, pource
que la Cour, quoy que pleine de fourberie, n'ayme pas
ceux qui biaſent; & ſuiuant en beaucoup d'autres choſes
les maximes de Satan, elle ſuit en ce poinct celle de Dieu,
qui ſe plaint de voir vn homme tiede, qu'il aymeroit mieux
voir chaud ou froid à l'extremité.

Mais venons à ceux qui deuroient eſtre les plus depen-

CV.
Le ſieur de
Beuurõ n'eſt
pas tout à fait
irréprochable.

C'eſt la croy-
ance de toute
la Cour & de
toute la Nor-
mandie.

CVI.
Si le fieur de
la Croifette n'a
pas efté perfi-
de, il eft du
moins ingrat.

dans du Duc, & qui ont efté non feulement indépendans,
mais apparamment creatures de la faueur. On fçait que le
Sr de la Croifette de pauure Gentilhomme qu'il eftoit, eft
deuenu fort accommodé par les bienfaits d'vn Prince, dont
il a efté nourry Page, & qui luy ayans faict des graces tres-
particulieres, luy en obtint encor vne extraordinaire du Roy.
Les grands font trop genereux pour rien reprocher, & pour
conceuoir des foupçons mal à propos contre des gens qui
les feruent bien. Ainfi nous ne voulons pas croire ce que la
Cour a publié, que le fieur de la Croifette s'entendoit auec
elle côtre le Duc ; mais on ne fçauroit l'excufer d'auoir efté
fi froid & fi peu reconnoiffant enuers vn Prince qui l'auoit
obligé auec vne ardeur fi magnifique. On ne blâme pas ce
Caualier d'auoir obey au Roy, car c'eft ce que le Prince luy
auoit toufiours enfeigné par parole & par exemple, mais
toute la France s'eft eftonnée qu'il ait femblé faire vn commerce honteux de fa foy, qu'il ait abandonné fon Createur
& rendu aux Fauorits vne place qu'il ne deuoit rendre qu'au Le Chafteau de
Roy Maieur. Caen.

CVII.
Il deuoit imi-
ter là genero-
fité de Mofieur
de Chamboy.

S'il eut voulu fuiure les exemples domeftiques, il en euft
trouué de genereux qui euffent peu corriger fon ingratitude
& fa lâcheté. Il auoit pû apprendre par la conduite de Monfieur de Chamboy, qu'on ne doit rendre les places qu'à ceux
qui nous les ont confiees pour le feruice du Roy, & que
l'honneur eftant tout à vn Gentilhomme, la faueur ne luy
eft rien. Chacun fçait que la Cour a fait ce qu'elle a pû pour
gaigner cet illuftre, non feulement par la recognoiffance
qu'elle deuoit à fes feruices de trente ans, mais encor par

l'apprehenſion que ſon credit & ſon courage dōnoit au party qu'il ne ſuiuoit pas. Mais apres auoir rendu graces au Roy, il a teſmoigné qu'il ne vouloit receuoir de biens que d'vn Prince qui auoit eu tant de paſſion pour l'intereſt de ſa Majeſté, & que le malheur qui refroidiſſoit les autres creatures de la Maiſon de Longueville ne faiſoit que réchauffer ſon affection. Et comme les Miniſtres ne pouuant le gaigner voulurent le perdre ; il ne fit point de difficulté de ſacrifier ſa vie à ſon Maiſtre priſonnier, apres auoir depenſé pour lui des ſommes immenſes, & abandonné ſes biens, ſa famille, & les intereſts qui ſont les plus chers aux hommes. Dans ce genereux deſſein il conſerua les terres de la Maiſon de Longueville, qu'on eut ruinees ſans vn puiſſant Deffenſeur, rompit tous les deſſeins qu'on auoit formez cōtre ſa perſonne auſſi bien que contre le ſeruice de Monſieur le Duc de Longueville, & perſiſta touſiours dans le bon party, quoy qu'il ſe viſt abandonné de ceux qui eſtoient les plus obligez à le maintenir. Enfin ayant franchy tous les perils que toute autre prudence & toute autre valeur que la ſienne n'eut ſçeu éuiter, il fit voir à Mourond que ſa moderation eſtoit égalle à ſa conduite & à ſon courage. En effect bien que ſa charge de Mareſchal de Camp, ſon experience au faict de la guerre, & la confiance que les Princes prenoient en ſa perſonne & en ſa conduite puſſent luy donner la meilleure part au Gouuernemēt ; neantmoins il proteſta qu'il n'y eſtoit pas venu pour commander, mais pour ſeruir en ce rencontre en qualité de ſimple ſoldat, & parut d'autant plus digne de donner les ordres qu'il ne vouloit qu'obeyr. Auſſi tout le

grand monde fçait-il que fa venuë confirma de plus en plus
la garnifon, dans le deuoir, & ayda puiffammentà luy obtenir vn Traitté auantageux, dont les articles ne feront entierement executez qu'apres la deliurance des Princes.

CVIII.
Ingratitude
de Dieppe en-
uers la Maifon
de Longueville.

    L'ingratitude fembla paffer de Caen à Dieppe, cette der-
niere ville pourtãt deuoit eftre d'autant plus attachée aux
interefts du Duc de Longueville, qu'au lieu qu'il auoit ofté
à l'autre fon pretendu Parlemẽt, ce qui l'auoit irritee : Il
auoit cõferué tous fes auantages à Dieppe, & luy en auoit
donné de nouueaux, regardant cette place non feulement
comme vne ville particuliere de fon Gouuernement, dont
la fcituation eftoit importante, mais comme vn fonds domeftique. Il l'auoit bien achettee, mais elle ne deuoit pas fe
rachetter en le vendant. On vid pourtant vne Bourgeoifie
fi cherement protegee, s'armer contre la femme de fon
Protecteur qui y cherchoit fon Afile contre les violences de
la faueur, & il fallut que la vie precieufe d'vne Princeffe du
Sang fut hazardée à la mercy des flots & des vagues, pour
contenter le caprice d'vne populace maline, & ingrate au
dernier poinct. On ne fçait pas fi le fieur de Montigny fut
forcé par crainte naturelle, ou par la neceffité que les feditions apportent, d'abandonner cette augufte perfonne à la
fureur des hommes & des elemens ; mais par le peu de foin
qu'il eût de la défendre, on creut qu'il eftoit bien aife de
s'en défaire, & que les follicitations ruineufes du Mazarin
luy touchoient plus le cœur que les inftãces genereufes du
braue Camboy. Enfin, Madame de Longueville fe vid forcee
de chercher vn lieu dé retraite chez l'ennemy ne trouuant

Le Semeftre
du Parlemẽt
deuoit refider
à Caen.

Madame fe
fauva parmy
beaucoup de
hazards de pe-
rir.

que des écueils, & des coupegorges dans la France; il fallut qu'elle se sauuast sur les épaules d'vn Batelier, n'ayant pas mesme trouué vne barque asseuree pour la porter hors du peril; & c'est à tort que les Ministres qui l'ont desesperee se plaignent de ce qu'elle s'est emportee aux dernieres extremitez du desespoir. Son Altesse ne les troubleroit pas s'ils l'auoient laissee en repos, & s'ils ne l'eussent condamnee à vn exil ignominieux, apres auoir enfermé Monsieur son Mary dans vne prison iniuste. Qu'on ne die donc plus que toutes les places estoient entre les mains des despendans du Duc de Longueville, puis qu'on void que les plus fortes estoient plustost à la deuotion des pensionnaires ou des creatures des Fauorits?

CIX.
Môsieur le Duc de Longueville a esté plus cheri que craint dans la Normandie.

Quant à ce qu'on dit, qu'au lieu de maintenir le repos de la Prouince, le Duc n'a rië obmis d'extraordinaire & d'iniuste pour y acquerir vn credit redoutable; qu'on face voir qu'il l'ait troublee pour peu que ce soit, & qu'il n'ait pas tousiours esté plus chery que craint des Normands ses patriotes? Il fasche fort aux Ministres qu'il ait conserué son Gouuernement dans vne parfaite tranquillité, en esloignant toutes les sources de broüillerie, n'ayant iamais souffert que le peuple fust opprimé par de nouuelles impositions, & ayant tousiours tenu pour maxime, que les Roys & leurs Lieutenans doiuent estre les peres, & non pas les persecuteurs des Prouinces qu'ils gouuernent. Qu'elle iniustice a-t'on veu faire à ce Duc, qui a faict regner si hautement les Loix dans la Normandie parmy la fureur des armes? A-ce esté vne procedure d'iniquité de conseruer au Temple de la Iustice

9

fes premiers droicts, & de faire fupprimer deux fois ces
nouueaux Offices, qui obfcurciffoient toute la gloire, &
partageoient la Iurifdiction des anciens, bref qui alloient
faire vne Cohuë d'vn des plus graues Parlements du monde ?
Le Duc de Longueville a-t'il rien faict d'extraordinaire finon
d'vfer d'vne extraordinaire generofité, d'auoir vne bonté
fans pareille, parmy les malices du fiecle, & de montrer vne
conduite abfolument def-intereffee, où les autres ne cherchent
que l'intereft, & ne feruent le public que pour le ruiner ?
On parle d'vn credit redoutable qui ne peut l'eftre qu'aux
Miniftres, qui n'ont pas trouué en luy vn inftrument propre
à feconder leurs tyrannies, ny à rendre à la faueur les obeyf-
fances qu'on ne doit qu'à la Majefté. Car pour le refte, la
Normandie a-t'elle iamais redouté vn Prince qui luy tenoit
lieu de Protecteur, qui prenoit tous les particuliers pour fes
enfans & pour fes amis, & qui ne pouuoit fouffrir qu'aucun
patift fous fa conduite ? S'il euft efté hay des Normands le
Comte d'Harcourt en feroit aymé, & la Nobleffe & le peuple
rendroient plus de déference à vn nouueau Gouuerneur,
qui d'ailleurs a de grands merites, & a faict de grandes actions,
fi l'ancien leur auoit efté à charge. Mais on peut dire, que fi
l'vn eft formidable, pource qu'il a faict beaucoup de mal à la
Prouince, l'autre en eft encore refpecté, comme il eftoit, &
les Normands ont d'autant plus de tendreffe pour fon malheur, qu'ils fçauent bien qu'il n'eft perfecuté que pour
n'auoir pas voulu les tyrannifer à l'inftigation de la faueur,
dont quelques autres Princes font gloire de fe dire creatures.

Le Côte d'Har-
court eft grand
Prince, & peu
aimé dãs la
Prouince.

Battons encore la calomnie de fes propres armes. On obiecte de rechef au Duc de Longueville. *Qu'il ne s'eſt pas contenté d'auoir ioinçt à la charge de Gouuerneur en chef, celles de Bailly de Roüen & de Caen, pour auoir vn pretexte apparemment legitime de troubler la fonçtion de nos Iuges ordinaires, & par ce moyen vsurper vne nouuelle authorité dans la Iuſtice auſſi bien que dans les armes. Et enfin qu'il ne s'eſt pas contenté de faire trauailler ouuertement ſes Emiſſaires pour débaucher l'eſprit de nos fideles Subiets, & attirer dans ſa dependance tous ceux qui ont teſmoigné affeçtion pour noſtre ſeruice, n'ayant pas faiçt ſcrupule de les menacer d'vne ruine entiere, s'ils refuſoient plus long-temps d'eſpouſer aueuglement toutes ſes paſſions. Mais auſſi qu'il a eu part dans les conſeils & principaux deſſeins de noſdits Couſins les Princes de Condé & de Conty, & qu'il a preſque touſiours aſſiſté aux deliberations tenües dans leur famille pour l'eſtabliſſement & l'augmentation de leur commune grandeur, & d'vne puiſſance legitimement ſuſpeçte à celle que Dieu nous a donnee dans noſtre Royaume. Et d'ailleurs que les ſiens diſoient deſia inſolemment dans ſa Maiſon, que ſi l'annee derniere, il ne pût venir à bout du Haure tout ſeul, tous enſemble auoient enfin fait le coup. En ſuite de quoy on deuoit l'appeller d'oreſen-auant Duc de Normandie, ne luy reſtant pas à beaucoup prés tant de chemin à faire pour aller à la Souueraineté, qu'il en auoit faiçt pour paruenir à l'excez du pouuoir & des forces qu'il auoit dans la Prouince.*

On s'eſt plaint cy-deuant que le Duc de Longueville auoit les principales charges de la Prouince entre les mains de ſes dépendans, quoy qu'il ait parû qu'elles ne deſpendoient que

de la faueur; maintenant on ſe plaint de ſes Charges perſon-
nelles, comme ſi c'eſtoit vn attentat à vn Prince d'auoir de
petits auantages qui eſtoient impunément poſſedez par de
ſimples Gentilhommes. Chacun ſçait que la Charge de
Bailly de Roüen eſtoit au ſieur du Fay Comte de Mauleurier,
qui la vendit au Duc pour la ſomme de trente mille liures,
qui luy ont eſté payez? Et ce Prince ne l'acquit pas pour
troubler la fonction des Iuges ordinaires, ny pour vſurper
vne nouuelle authorité dans la Iuſtice, mais pour la maintenir ſuiuant ſes anciennes formes, & pour regler le pouuoir
d'vn petit ambitieux, qui eſpuiſoit le peuple pour s'enrichir,
& abuſoit d'vn pouuoir dont vn Prince ſe deuoit ſeruir auec
plus de moderation. Apres tout, ſi c'a eſté vn crime au Duc
de Longueville d'eſtre Bailly, d'où vient que le Comte d'Harcourt qui poſſede la meſme Charge y trouue vn fonds de
merite? La Cour deuoit-elle donner pour recompenſe à ce
Comte, vn ſubiect de punition pour le Duc, & n'eſt ce pas
iuſtifier noſtre Prince, que de conferer gratuitement à vn
autre ce qu'il n'auoit pas vſurpé, mais achetté à deniers
contents? C'eſt vn coup de la prouidence de Dieu, qui voulant rabattre le faſte temeraire des orgueilleux, a permis que
le Comte abbaiſſaſt vn Officier qui croyoit s'eſleuer par vn
nouueau Gouuerneur; & qu'il ait deſpoüillé vn Arrogant,
qui ſe vantoit deſia qu'vn Prince François l'auoit chocqué,
mais qu'vn Prince Lorrain ſeroit ſon braue. Ce mauuais
Politique ne ſçauoit pas que les Cours abandonnent les petits
inſtruments dont elles ſe ſont ſeruies pour perdre les grands,
& que les Princes n'ayment iamais ceux qui ſe ſont declarez
ennemis de leurs ſemblables.

CXII.
Le Duc n'a
point d'Emif-
faires côme le
Mazarin, qui
des Maref-
chaux de Camp
fait des Pre-
uofts des Ma-
refchaux.

Maintenant ie fuis à chercher ces Emiffaires dont la Lettre parle, & fuis en peine à les trouuer, pource qu'il y a des nuës idées dans les Confeils des Roys auffi bien que dans quelques Efcholes des Philofophes. La hayne groffit fes obiects ainfi que l'amour, & quand on ne peut venir au détail, on faict beaucoup de propofitions indeterminées, qui font eftonner le peuple, & rire les habilles Eftimateurs des affaires. On ne fçauroit à ce propos nommer aucun ferui-teur du Duc, s'il n'eft des traitres ou des Efpions de la faueur, qui font des mauuais tefmoins, eftans par là fuffi-famment reprochables. Mais on pourroit bien icy particula-rifer les Emiffaires d'vne Cour gaftée par la flaterie & par l'intereft, & s'il en falloit venir aux preuues, le fieur de Folleville paroiftroit au premier rang, puis que c'eft luy qui a efté enuoyé par le Cardinal Mazarin pour efpouuanter la Prouince fous couleur de la tenir dans l'obeyffance, & qui par vne ambition irreguliere, de Marefchal de Camp s'eft faict Preuoft des Marefchaux, pour prendre des Gentils-hommes. Peut eftre qu'il croit que Vitry ayant emporté le Bafton en tuant vn Criminel, il peut auffi l'emporter, en expofant des innocens à la boucherie. Mais Dieu fauue ceux que les hommes veulent perdre, principalement quand ils n'ont faict que ce vertueux peché de feruir des Princes qui ont toufiours bien feruy le Roy, & Monfieur d'Ancteoville a cette confolation, que s'il eft detenu par des Penfion-naires d'vn Tyranneau, il ne peut eftre iugé que par vn augufte Senat, qui a trop d'obligation au Duc de Longue-ville, pour perdre les Gentilshommes.

Vitry fût fait
Marefchal de
France pour
auoir tué le
Marquis d'An-
cre.

CXIII.
Le Duc a bien montré qu'il aymoit plus le Roy que la Souueraineté.

Au reſte, où ſont ceux que ce Prince s'eſt efforcé de débaucher, ayant ſi bien tenu tout le monde dans le deuoir ? Qui ſe plaint de ſes menaces que de petits factieux qu'il n'a peu ſouffrir ? A-t'on iamais veu la Normandie meſcontente que dans ſon eſloignement ou en ſuite de ſa priſon ? A-t'il iamais eu de paſſions particulieres que pour le bien general de la Monarchie, & ne montra-t'il pas dans la derniere reuolution qu'elles eſtoient aueugles, pour ſes intereſts, & pour l'agrandiſſement qu'on luy ſuppoſe.

CXIV.
Le Duc a pris un chemin tout contraire à la Souueraineté pretenduë.

Si monſieur le Duc de Longueville euſt eu le deſſein de ſe faire Souuerain de Normandie, il n'auoit qu'à ſecourir hautement Paris ; car affaibliſſant la petite armée qui bloquoit cette grande Ville, on eût mis la Monarchie en danger de faire vn débris fatal dont il euſt pû recueillir quelque reſte auantageux. Mais il montra bien par ſa conduite qu'il ne choquoit pas la Majeſté, mais les Miniſtres, & il épargna meſme ceux-cy, quand il reconnût que la Reyne hazarderoit pluſtoſt tout l'Eſtat, que de les abandonner. Il creut qu'il deuoit donner ſa cholere particuliere au bien du public, & reſeruer au Roy Majeur la vangeance des affrons, que luy & les Princes ont ſoufferts durant vne ſi longue Minorité.

CXV.
Le Prince de Condé s'en eſt auſſi bien éloigné par ſa côduite.

On peut dire auſſi que Monſieur le Prince, en cas qu'il eut eu l'ambition de ſe faire Roy, n'auroit pas fait les fautes qu'il a faites, pour s'oſter les moyens d'arriuer à vne fin ſi glorieuſe. Au lieu d'incommoder Paris, il s'en fuſt aſſeuré *Voyez les Diſcours* pour luy ; & ce n'eſt pas vne bonne voye pour renuerser vn *de Machiauel.* Gouuernement eſtably, que de ſe rendre odieux à des peuples, pour ſuiure les inclinations de ceux qui regnent.

D'ailleurs quand il venoit de gaigner la fameufe bataille de Lents, & que Paris fe reuoltoit, ne pouuoit-il pas mener fes troupes victorieufes pour appuyer les mefcontents, & perdre abfolument, comme on l'y follicitoit, & la Regence & le Miniftere ? Enfin au lieu de trauailler comme il fit à reünir la fubiettion à la Royauté par vne Conférence qui fit pofer les armes aux Parifiens, ne pouuoit-il pas rendre les broüilleries éternelles, & ayant Paris, la Capitale du Royaume à fa deuotion, comme elle s'y eftoit offerte, s'affeurer en fuitte des villes & des Prouinces, qui fe trouuant opprimées par les fatellites des Fauorits, l'euffent receu pour leur Liberateur, & n'euffent peut eftre plus aymé ny la Reyne ny fes Enfants, pour ce qu'ils protegoient l'Ennemy commun ? Le Confeil a creu que Monfieur le Prince vouloit enuahir le throfne, pource que fon imprudence en auoit donné de fauorables ouuertures, pour qui euft eu moins de generofité, & d'amour pour leurs Majeftez, que n'auoit ce Heros, qui ne s'eftime pas moins d'auoir conferué la Couronne, que s'il l'auoit conqueftée, & qui n'auoit garde de foüiller par vne trahifon tant d'illuftres actions que fa valeur a produites. On a veu des Maires du Palais s'emparer par iniuftice d'vn throfne dont ils eftoient efloignez ; Monfieur le Prince en eft trop proche pour auoir des penfées tyranniques, & c'eft affez d'auantage pour luy, qu'il eft d'vn Sang & d'vne Maifon qui regne en vne autre perfonne, & qui peut regner en fes fucceffeurs.

Charles Martel Eudes.

I'ay efté obligé de faire icy en paffant l'Apologie de ce Heros, que d'autres ont iuftifié par de gros volumes, pource

CXVI.
Le Duc de
Longueuille a

eu part à leurs deffeins qui n'ont iamais efté mauuais.

qu'on charge le Duc de Longueville d'auoir eu part à fes principaux deffeins, ce que nous ne nions pas, fçachant bien qu'il a paru par tant de glorieux effects, que les Princes de Condé & de Conty bien loin d'en auoir de contraires au bien de l'Eftat, n'en ont iamais eu que d'auantageux, tant pour la Royauté, que pour la Regence. Le Duc ne peut eftre que leur amy, ayant l'honneur d'eftre leur Beaufrere, mais il fçait bien qu'ils ont trop hautement appuyé l'Eftat, pour l'auoir iamais hay ; & fi ces trois Princes ont agy de concert, ce n'a efté que pour rendre la France glorieufe, tant par la Paix, que par les armes. Tant s'en faut donc que leur grandeur & leur puiffance ait deu eftre fufpecte à celle du Roy, qu'au contraire elle l'a eftablie, & bien loin qu'ils ayent paru legitimement redoutables à la Majefté, c'eft par eux qu'elle a paru toufiours redoutable à toute l'Europe, tant par fes Traictez que par fes Triomphes.

CXVII.
Si les Princes font fufpects aux Miniftres ils ne le font pas à la Royauté.

Mais comme depuis dix annees on a confondu les interefts du Miniftre auec ceux de la Royauté, & qu'on n'ofe prefque plus parler de Maiefté qu'on ne parle d'Eminence, le Cardinal Mazarin a creu nos Princes coulpables pour ce qu'ils luy eftoient fufpects, qu'ils le pouuoient perdre comme ils l'auoient conferué par complaifance enuers la Reyne, & le Confeil a iugé, que pource qu'ils auoient menacé vn Fauory de neant, ils fongeoient au renuerfement de la Monarchie. Voila comme le Cardinal Mazarin trouue les Princes redoutables, pource qu'ils font plus grands que luy, & pour affeurer les craintes de cét auorton, il faut exterminer la Maifon Royale. Il ne viuroit pas librement à la Cour ; fi

trois Heros du Sang de nos Souuerains n'eſtoient en priſon.
Certes ſi Charlemagne, ſi Sainſt Louys, ſi Henry le Grand
voyoient cette belle œconomie dans noſtre Gouuernement,
ie ne ſçay s'ils ne croiroient point voyant la laſcheté Françoiſe qui le tolere, que la Couronne qu'ils ont defendüe
contre les inuaſions des Eſtrangers par vne generoſité plus
que virile, ſeroit tout à faiſt tombée en quenoüille. Nous
ferons bientoſt ſans Nobleſſe, puis que les Gentilshommes
ſouffrent qu'il n'y ayt preſque plus de Princes. Qui les peut
garantir de la mort s'ils ſont entre les mains d'vn Tyran de
Sicile qui vomit ſon venin pour les en empoiſonner, & qui
déployera ſa fureur contre eux, de peur que leur innocence
eſtant reconnuë, ils n'obligent vn iour le Roy de déployer
ſa iuſtice pour les vanger d'vn bourreau qui les perſecute ?

CXVII.
Il faut iuger
des deſſeins
des Princes
par le Cabinet
& nõ par la
Baſſe-Court.

Ils ne ſe contentent pas d'auoir faiſt de leur palais des
ſolitudes affreuſes, il y tient encore des ſatellites pour les
ſaccager quand il ſe verra deſeſperé; comme il tenoit au-
tresfois des eſpions pour y obſeruer les diſcours meſmes des
domeſtiques, afin d'en charger les Maiſtres. Mais bien que
ce ne ſoient que de manifeſtes ſuppoſitions que ce Seruient
allegue au ſubieſt du Haure, & de la ſouueraineté preten-
düe de Normandie, il penſe par là flater le Cardinal, &
pource qu'eſtant valet, il eſt entré par des voyes infames
dans les plus ſecrets Cabinets d'Italie, il veut faire croire
que nos Princes produiſent dans la Baſſe Court les reſultats
de leur Conſeil. D'autres Grands que nous cognoiſſons,
& qui s'ouurent pluſtoſt à des laquais qu'à des Gentilshommes, pourroient tomber dans cette foibleſſe, & en de plus

grandes. Le Duc de Longueville a eu trop de prudence tonte fa vie pour auoir des communications fi baffes, & il n'a introduit dans fon Conseil, que ceux qui eftoient dignes d'y entrer. Quand les Princes ont de grands deffeins, ils obferuent vn grand fecret, & puis que ceux du Duc font publics, il faut croire qu'ils ne font qu'imaginaires. Mais bien qu'on ne puiffe faire le procez à vn Grand fur des Vaudeuiles, & qu'vn Maiftre ne foit pas contable de tous les impertinants difcours de fes Domeftiques, comme le Roy ne l'eft pas des efcrits extrauagans d'vn Secretaire d'Eftat ; Le Duc de Longueville pourtant a la confcience fi nette, qu'il ne craint non plus les recherches qu'on peut faire dans sa Maifon, que celles qu'on veut faire fur fes actions perfonnelles. Ce n'eft pas d'aujourd'huy qu'il commence à vivre, ny qu'il apprend à parler à ceux qui le feruent. Ils ont veu dans la fidelité genereufe de fes actions, ce qu'ils doiuent penfer & dire d'vn fi bon Maiftre.

CXIX.
C'eft vne plus haute gloire pour la Maifon de Longueville d'auoir côquefté la Normandie pour la Couronne, que de la poffeder en Souueraineté.

Et puis il fe peut vanter qu'il ne doit pas fe mettre en peine de fe rendre Souuerain de la Normandie, puis que c'eft plus de gloire pour fa Maifon de l'auoir acquife à nos Roys, que de la poffeder en proprieté. Le Comte de Dunois qui en chaffa les Anglois pouuoit s'y cantonner ayant en effect les forces à la main qui manquent au Duc, dont l'efprit ne s'eft iamais appliqué qu'à tenir la Prouince en paix, & qui fe contente de regner fur les cœurs des Normands, & de les porter par fon exemple à facrifier toufiours leur vie & leurs biens au vray feruice du Roy. Son pouuoir n'eft pas exceffif, puis que durant les derniers troubles, il en a vfé

auec tant de moderation, & s'il fe dit Conneftable hereditaire de Normandie apres tant d'illuftres Predeceffeurs, ce
n'eft pas pour afpirer à la Souueraineté, mais pour commander fous elle, & il n'a garde de fournir vne carriere
où il n'eft iamais entré. Il ne fe fuft pas tenu fi pres du
Confeil du Roy, s'il eut fongé à luy ofter vn Fleuron de fa
Couronne, & Chaliot eftoit pluftoft vne place à perir qu'à
conquefter. Ceux qui affeftent les Souuerainetez s'efloignent
des Souuerains, rompent auec eux au lieu de leur faire la
Cour, & furprennent toufiours pour ne fe pas laiffer furprendre. Au lieu de mener vne vie pacifique ils commandent
des troupes à la campagne, au lieu de pofer les armes ils
les font prendre de tous coftez, & ne s'expofent pas aux
embufches de ceux qui les veulent perdre. Puis donc que le
Duc de Longueville ayant eu tant de conduite toute fa vie,
a fait en cette occafion tout le contraire de ce que prefcrit
la Politique des Tyranneaux, difons qu'il a toufiours eu des
penfées contraires aux leurs, & que les Fauoris le chargent
de leurs deffeins. En effet à les voir gouuerner comme ils
font, ils ne fe contentent pas de maiftrifer abfolument la
Regence, ils veulent encor dépoüiller la Royauté ; & ne fe
fentant pas affez forts pour en conferuer la dépoüille, ils la
veulent partager auec l'Efpagnol. Acheuons de confondre
Seruient par fes propres fuppofitions.

Voyans en effeft qu'il commençoit à exercer diuers aftes de
cette pretenduë Souueraineté par des defobeyffances formelles à
nos ordres ; témoin le refus qui fuft fait il n'y a que peu de
iours au Pontdelarche de receuoir les compagnies des Gendarmes

Le Duc s'y tenoit quand il fut arrefté.
Macbiauel.
Il Paruta.

La Capelle, le Catelet, &c. ne font que des arrhes don- nées par Ma- zarin.

*& des Cheuaux legers de noſtre garde; quoy qu'il n'y euſt que
peu de iours que nous l'auions mis en poſſeſſion de ladite place,
& qu'il y euſt vn ordre exprez ſigné de nous, pour les y faire
loger. Que meſme contre la parole formelle que noſtre Couſin
le Prince de Condé nous auoit donnée de ſa part de ne faire
iamais aucune fortification nouuelle au Pontdelarche, il auoit
enuoyé depuis peu vn Ingenieur ſur les lieux deſſeigner les
trauaux qu'il y vouloit faire faire, afin de la rendre vne des
meilleures du Royaume, & par ce moyen ſe rendre Maiſtre
abſolu de la Riuiere, & de tout le Commerce entre Paris &
Roüen. Et enfin que pour metre Noſtredite ville de Roüen en
ſubieƈtion, il auoit ſans s'attacher à aucun vſage ny forme eſtably vn de ſes domeſtiques dans le petit Chaſteau qui eſt au de là
du Pont, & donné la garde de la Porte Cauchoiſe à vn de ſes
parens, quoy que ces deux Portes ayent touſjours eſté cy-deuant
en la pleine diſpoſition des Eſcheuins de ladite ville; Nous auons
eſté auſſi contrainƈts par tant reſpeƈts de nous aſſeurer de la
perſonne de noſtredit Couſin le Duc de Longueuille. Et plus
bas, Ayant receu des auis certains que de concert auec luy
(Prince de Condé) leſdits Princes de Conty, & Duc de Longueuille ſe deuoient auſſi rendre en meſme temps dans leurs Gou-
uernemens, il n'a plus eſté en noſtre pouuoir d'vſer de remiſe,
&c. Et d'autant que leurs partiſans & ceux qui vont ſans ceſſe
cherchans les accaſions de broüiller pourroient eſſayer de donner
quelque mauuaiſe interpretation à vne reſolution ſi iuſte, & ſi
neceſſaire pour le ſalut & repos de noſtre Eſtat, que noſtre deuoir
nous oblige de preferer à toute autre choſe; Nous declarons
n'auoir aucune intention de rien faire contre noſtre Declaration*

du 22 Octobre 1648 ny contre celles du mois de Mars 1649.
& autres que nous auons fait publier depuis pour la pacification
des troubles paſſez, tant de noſtre bonne ville de Paris & de la
Normandie, que de la Prouence & de Guyenne ; Leſquelles
nous voulons & entendons deuoir demeurer en leur ·force &
vertu, en tous les Chefs qu'elles contiennent.

CXX.
Le Duc ne fit pas mal d'empeſcher que le Pont de larche ne fut ſurpris apres luy auoir eſté donné.

Ie ne ſçay comment on n'a point de honte d'appeller
deſobeyſſance formelle vne précaution iudicieuſe, & de faire
paſſer pour vne acte de Souueraineté pretenduë vne oppoſi-
tion formée aux ruſes du Mazarin. La Reyne auoit liuré le
Pontdelarche au Duc, & ce Miniſtre pour le luy oſter à
meſme temps qu'il en eut la poſſeſſion, y enuoya des gens
de guerre pour le ſurprendre ; & afin qu'on s'en doutaſt
moins, & qu'on les receut plus facilement, il commit
pour cét effect les Gendarmes & les Cheuaux legers de la
garde, ſur l'eſperance qu'il auoit que la place luy ſeroit
remiſe s'ils y entroient, & qu'il mettroit dans le tort le Duc
de Longueville en cas qu'on leur refuſaſt l'entrée. Le
Commandant n'ignorant pas que Bellengaut, autrement
nommé Louys Teſſon Bourgeois du Pontdelarche, auoit
fait des complots pour ſurprendre vne place que ce Prince
auoit bien cherement achetée, & que ce perfide n'auoit
employé le credit du Marquis de Beuuron pour l'introduire Soixante& dix mille livres.
dans la Maiſon de ſon Alteſſe, où il fut mis ſur l'Eſtat, que
pour executer ſes trahiſons auec plus de ſeureté : ne voulut
pas receuoir ces nouuaux hoſtes, ſans Lettres d'Attache du
Gouuerneur, & s'ils eſtoient diſpenſez d'en prendre comme
ils pretendoient, il crût eſtre auſſi excuſable de ne ſe pas
laiſſer ſurprendre.

CXXI.
On laiffa la
place en fon
premier eftat,
& fa reddition
fut facile.

Quant aux fortifications de la place, ce qu'on auance de l'Ingenieur qui n'a point paru, montre bien qu'elles font purement imaginaires. Le Pontdelarche demeura toufiours au mefme eftat qu'il auoit efté remis entre les mains du Duc, la garnifon n'en fut pas mefme renforcée, quoy qu'il y euft des deffeins formez pour l'en chaffer, & le Roy vit bien à fa venuë qu'on luy auoit feint des obftacles de defobeyffance, où il ne trouuoit que refpeĉt & que foumiffion. Monfieur de Chamboy eut ordre de remettre la place entre les mains de fa Maiefté, ce qu'il ne fift pourtant qu'auec le regret de voir que le Confeil qui l'auoit venduë au Duc, ne parloit point de la racheter, & profitoit ainfi de la dépoüille d'vn Prince enfermé dans vne prifon ; comme fi ce n'euft pas efté affez de luy ofter la liberté fans luy ofter encore les biens. La vifite qu'on fift du lieu montra bien que le Duc fongeoit plus à le conferuer pour le Roy, qu'à fe rendre maiftre de la riuiere, & la facilité dont Monfieur de Chamboy traittoit les Marchands qu'on tyrannifoit auparauant par des extorfions infupportables, rendoit fon pouuoir auffi doux, que celuy de beaucoup d'autres Gouuerneurs auoit paru formidable. Le fieur de Beaumont qui luy fucceda, eft vn fort bon Gentilhomme ; fa generofité pourtant a efté vn peu fleftrie en ce qu'il a repris fa charge fans rendre au Duc l'argent & les affeurances qu'il auoit eu la bonté de luy donner. Il eft vray que fous un Miniftere fi lafche l'intereft faiĉt le plus haut poinĉt d'honneur des Nobles. On croit que tout ce qu'on peut acquerir, mefme par de mauuaifes voyes, eft toufiours bien acquis, & l'on tient les baffeffes mefmes pour glorieufes quand elles feruent à l'agrandiffement d'vne mediocre fortune.

CXXII.
Le Duc a touiours haut-mët protegé Roüen, bien loin de vou-loir le tenir en fuiettion.

Venons maintenant à la ville de Roüen qu'on fuppofe que le Duc vouloit tenir en fubiettion, quoy qu'il l'ait auantagée auec des foins dignes d'vn fi grand Prince, & d'vne fi grande ville. Il l'a toufiours regardée comme fon cœur auffi bien que comme le cœur de la Prouince, & a toufiours efté dans vne belle inquietude pour luy donner vne parfaite tranquillité. Ses predeceffeurs l'auoient reünie à la Couronne apres tant de fatales diuifions qui l'en auoient feparée, mais ils l'auoient renduë Françoife, il a trauaillé à la rendre heureufe. En effect fi Louys douziefme de la Maifon d'Orleans y eftablit le Parlement, & fift vne Cour reglée de l'Echiquier qui eftoit irregulier pour l'adminiftra-tion de la Iuftice; on peut dire, que Henry d'Orleans a encore d'auantage obligé Roüen, empefchant que ce Parle-ment ne perdift fon luftre par vn Semeftre, & le remettant deux fois dans fon premier efclat, apres que les Miniftres l'auoient efclypfé. Chacun fçait les oppofitions qu'il forma dans le Confeil pour empefcher l'introduction des nouueaux Officiers des Cours Souueraines; & la Faueur l'ayant enfin emporté fur la Iuftice, il a remué tant de reffors que la Iuftice l'a derechef emporté fur la Faueur. Le Confeil penfant profiter de l'abfence du Prince pour charger la Normandie par vne innouation fi dangereufe, il ne fut pas fi toft reuenu, qu'il fift remettre les chofes en leur ancien eftat, & fe declara ennemy des Miniftres, pour faire voir combien il aimoit fes interefts des Bourgeois. A fon retour de Munfter, la

Du Haillan. Serres, &c.

premiere recompenfe qu'il demanda ce fut, que le Semeftre
fuft caffé dans la Prouince, & le voyant derechef reftably
comme par force, il ne prit les armes en faueur des Pari-
siens, que pour feruir les Normands. En effeɗt l'apprehenfion que le Confeil eut de fes troupes, rendit fes prieres
toutes puiffantes, & fi le Parlement eft auiourd'huy veritablement Souuerain, c'eft que ce Prince l'a tiré d'vne honteufe
feruitude.

CXXIII
Bonté du
Duc, & ingra-
titude des Ef-
cheuins.

Diray-ie icy que tous ceux qui ont voulu opprimer cette
belle Prouince ont toufiours encouru fon indignation, &
qu'il fift vne feuere reprimande à ce fameux Gaffion, dont   A Abeuille.
les troupes fe faifoient appeler les fleaux & l'efpouuante des
peuples ? Le Cardinal de Richelieu qui eftoit lors tout-
puiffant voulut s'en formalifer, mais le Duc fe mettoit fort
peu en peine d'eftre en difgrace, pourueu qu'il euft l'amitié
des peuples de fon Gouuernement, & qu'il empefchaft
qu'il ne fuffent furchargez par des monopoles, qu'on vouloit introduire à main armée, pource qu'ils ne vouloient
pas les accepter volontairement. Quant aux Efcheuins ils
ont grand tort de fe plaindre des attentats pretendus de ce
grand Prince, apres en auoir receu des graces fi éclatantes.
Qui portoit la parole pour eux chez le Roy que le Duc de
Longueville, qui fe faifoit hautement entendre où tous les
autres grands eftoient bien fouuent muets ? N'a-il pas
donné à ces Magiftrats les 18000. liures de rente qu'il
pouuait prendre pour luy, puis qu'ils eftoient affeɗtez pour
les fortifications de Roüen, qui eftant en bon eftat ces
deniers appartenoient au Gouuerneur de la Prouince. Il

croyoit que ceux qu'il gratifioit fi liberalement, fe preuau-
droient de fes faueurs pour foulager le peuple, & non pas
pour l'oprimer comme ils font, & qu'ils refpecteroient fon
Liberateur, au lieu de defchirer fa reputation, & de perfe-
cuter comme ils ont fait fes domeftiques & fes parens.

CXXIV
Ils n'ont eu
en main les
poftes de
Roüen que par
la tolerāce des
Gouuerneurs.

On dit que fans s'attacher à aucun vfage ny forme, le
Duc auoit donné à d'autres des poftes qui auoient toufiours
efté en la libre difpofition des Efcheuins : mais ceux qui
font parler le Roy de la forte, montrent bien qu'ils font fort
peu inftruicts des formalitez & des Couftumes de Normandie ; ou qu'ils voudroient bien les renuerfer pour eftablir leur petite tyrannie. Les Efcheuins n'ont eu la difpofition de ces poftes que par la tolerance des Gouuerneurs,
& comme par fucceffion de temps ; & le Duc n'eft pas criminel de rentrer dans les droicts de fa charge, que la negli-
gence des autres laiffoit impunément vfurper. On peut voir
par l'Hiftoire quē le petit Chafteau eftoit autrefois tenu par
vne garnifon d'Anglois & que la Normandie ayant quitté le
party des Rofes pour prendre celuy des Lys, Rouēn changea
pluftoft de nation que d'ordre ou fait du Gouuernement.
Depuis quand nos guerres ciuiles commirent les François
contre les François, & que l'intereft de la Religiō obligea
cette ville qui de tout temps l'a fi fortement appuyée, dc
ne point reconnoiftre de Roy qui ne fuft auffi bien Catholique que Tres Chreftien le Marquis de Villars, mit aux
meilleurs poftes, les meilleures creatures de la ligue ; & les
Efcheuins qui ne fe plaignoient pas lors des ordres d'vn
Gouuerneur rebelle à fon Roy, ont tort de vouloir ôter à

Seruient
manque de ref-
pect enuers le
Parlement de
Normādie, luy
debitant ces
bagatelles,
qu'il n'a ofé
produire aux
autres.
Monftrelet
Chartier, Hiſt.
Normandie.

Monftrelet
Chartier, Hiſt.
Normandie.

Memoires de
la Ligue Da-
uila.

Monfieur de Longueville qui l'a toufiours feruy auec vne
fidelité genereufe, la libre difpofition des portes de la Capitale d'vne Prouince qu'il gouuerne. Il donne à vn de fes
domeftiques, ce que d'autres ont impunément donné à des
Eftrãgers ennemis du nom François, & pour ce qu'il met
vn de fes parens dans la Porte Cauchoife, il veut renuerfer
la Monarchie ! Certes elle eft bien branlante fi elle peut
tõber pour fi peu de chofe; & Monfieur de Montenay
Confeiller en la Grand' Chambre, a vn auantage bien glorieux, de commander dans vn trou, defcendant d'vne Maifon
qui a cy-deuant deffendu fi genereufement Caën contre
l'Anglois & Theroüenne contre toutes les forces de l'Empereur. Mais pour ce que c'eft à luy que l'enuie s'attache
particulierement, pour ce que les gens de petite extraction
n'ayment pas ceux qui font d'vne condition éminente, ie
fuis obligé de le iuftifier en cét endroit, & ce d'autant plus
que le Roy le reconnoiffant pour parent de Monfieur le
Duc de Longueville, on le veut faire paffer pour mefchant
ou du moins pour fufpect, pource qu'il eft allié d'vn Prince
iniuftement malheureux.

Monfieur de Plenoche.

Philippe de Montenay Gouuerneur de Caën fous Charles VII. & Iean de Theroüen ne fous François I. Monftrel, Serres, &c.

CXXV.
Haute No-
bleffe de la
Maifon de Mon-
tenay par fes
alliances.

Ce n'eft pas icy le lieu de parler ny de l'ancienneté, ny
de la haute Nobleffe de la Maifon de Montenay, pource
qu'vne fimple Apologie ne fouffre pas des Eloges affectez.
Ceux qui ont lû noftre Hiftoire ne peuuent ignorer que
lorfque la Couronne paffa de la race de Charlemagne à celle
de Hugues Capet, les Montenays fe rendirent délors fi
illuftres par leur valeur, comme ils l'eftoient par leur naiffance , qu'outre la charge de Grand Chambellan qu'ils

Voyez ce que Monfi. Cham-pier, N. Gilles & autres en di-sent. Voyez auf-fi la Harangue funebre faite par le fieur Mordant.

poſſederent long-têps auec les plus hauts employs de guerre & paix, ils contraċterent encor diuerſes alliances auec les plus grandes Maiſons de l'Europe, & vn d'entr'eux épouſa Iſabeau d'Eſtouteville, qui eſt le fôds glorieux de la parenté qu'ils ont l'honneur d'auoir auec la Maiſon de Longueville, & qu'ils eſtiment le plus illuſtre de tous leurs titres. Meſſire Antoine de Montenay ſieur du Pleſſis-Preulé, comme il n'a iamais degeneré de la Vertu de ſes anceſtres, il n'a non plus manqué à ce qu'il deuoit au Roy, & à Monſieur le Duc de Longueville, dont les intereſts ont touſiours eſté les meſmes. Il a porté les armes en ſa ieuneſſe, & eut ſans doute pû arriuer aux plus éminētes charges que l'Epée donne, quand elle eſt ſecondée de l'extraċtiõ & du courage s'il n'eût eſté obligé par ſes parens de chãger la cuiraſſe à la Robbe.

Iacques de Montenay.

CXXVI.
Iuſtification particuliere de Monſieur de Mõtenay Cõ-ſeiller en la Grand'Cham-bre du Parle-ment de Nor-mandie.

C'eſt le fonds de ſa gloire & de ſon malheur. Vn Iuge ſubalterne, petit fils d'vn Artiſan, n'a pû ſouffrir vn Iuge Souuerain parent d'vn Prince. Mais n'oſant pas le choquer ouuertement, il l'a voulu calomnier par des voyes ſourdes, & a taſché d'abattre vn homme qu'il ne pouuoit égaler. Le Parlement pourtãt a iuſtifié Monſieur de Montenay, non ſeulement pource que l'honneur d'vn de ſes membres luy eſtoit cher, mais encor pour ce qu'il luy auoit de l'obli-gation. Chacun ſçait que lors que le peuple s'eſmeut à Roüen, ce graue Senat n'ayant pû eſtre obey en Corps, trouua de la ſoumiſſion dans l'eſprit des reuoltez ſi toſt qu'il eut mis le commandement des armes entre les mains de Mr de Montenay qui pour reſpondre à la confiance qu'on

Roques qui a fourny les memoires à la lettre écrite ſur la detention des Princes.

Voyez les regiſtres du 8 feurier 1650.

prenoit en luy gaigna vne partie du peuple par fon credit, & força l'autre de fe retirer d'vn Bureau, où pour fauuer l'argent du Roy il fuft en danger de perdre la vie, & reçeut plufieurs bleffures. Le Parlement luy en tefmoigna fa reconnoiffance, & le Confeil mefme loüa hautement fa conduite qui depuis n'a pas efté moins reguliere.

C'eftoit le Bureau de la Vicomté, où il y auoit plus de 700000 liures.

CXXVI.
Il n'a pas efté priué de quelques petites charges côme coupable, mais comme parent du Duc.

Mais comme les grands arbres ne tombent guere fans entraifner ceux qui leur font proches, les difgraces de Môfieur le Duc de Longueville ont attiré celles de Môfieur de Montenay, & il a efté fufpeçt à la Souueraineté ou plutôt au Miniftere, pour ce qu'il refpeçtoit fouuerainemët ce Prince au deffous du Roy. Et comme on l'avait choifi pour eftre premier Capitaine de la ville, & qu'en cela le peuple auoit fecondé les fentiments du Parlement; ce qu'il fit pour le bien de Rouen pendant la guerre de Paris, luy a efté imputé à crime apres la Paix faite. D'ailleurs comme le Duc lui auoit donné le commandement de la porte Cauchoife, qui de mefme que l'autre employ ne rapportant aucun profit, pouuoit diuertir les émoluments de fa charge, apres la detention de ce Prince l'impofture voulut faire paffer vn mefchant pofte pour vn bon fort deftiné à brider Roüen. Sur cette fauffe prefomption on luy demanda les clefs de cette porte qu'il rendit fuiuant les ordres du Roy, & fe défaifant auffi volontiers de fa charge de Capitaine, il n'eut que ce defplaifir qu'eftant le premier de fa Maifon qui auoit porté la Robe, il la vît offencée en fa perfonne, & que la roture en cette occafion l'emportaft fur la Nobleffe. Mais des Fauorits qui font nez dans l'ordure & dans

la baffeffe, ne peuuent que hayr les Gentilfhommes de
condition, & pour empefcher que les Roys ne foyent hautement feruis, ils puniffent les anciens feruices qu'on a
rendus à la Couronne.

Mais leur rage ne s'eft pas feulement attachée à la perfonne & aux parens de Monfieur le Duc de Longueville,
mais encor à toutes fes creatures, & à des perfonnes mefmes
qui n'en auoyent que des dépendances bien efloignées.
Tefmoin le fieur Baudry fameux aduocat au Parlement de
Normandie, qui ayant efté Syndicq des Eftats l'efpace de
dix-fept ans, apres auoir efté nommé par le peuple, &
toufiours fort eftimé de toute la Prouince auffi bien que du
Confeil & du Parlement s'eft veu démis de fa charge pource
qu'il eftoit confideré de Monfieur le Duc de Longueville,
& que le Lieutenant general Roques n'a pû luy pardonner
la belle faute qu'il fit en prefentant à la Maifon de Ville les
Lettres de Bailly en faueur de fon Alteffe, comme les Miniftres luy veulent mal pour la Harangue qu'il fit fur le
fuje 't de la furuiuance accordée par la Reyne à Monfieur
le Comte de Dunois, qui n'en jouyt pas à la verité, mais
qui en deuroit jouyr dans l'eloignement de Monfieur fon
Pere, fi les promeffes du Confeil d'enhaut n'eftoyent
toufiours volées par des infidelitez manifeftes. Il eft vray
que le fieur Baudry a cette confolation dans fa difgrace
qu'on ne luy a ofté la protection du peuple que pource
qu'on le veut impunement opprimer, & qu'il n'a pas failly
dans la Charge, mais qu'on l'a creu incapable de faillir. En
effect on luy a donné vn fucceffeur qui fçait fort bien faire

La furuiuâce
luy eft donnée
en cas de mort
ou d'éloigne-
ment de Mon-
fieur le Duc
de Longueville.

Le fieur Cor-
neille Poëte
fameux pour
le Theatre.

des Vers, mais qu'on dit eftre affez mal habile pour manier de grandes affaires; Bref, il faut qu'il foit ennemy du peuple, puis qu'il eft penfionnaire du Mazarin. La faueur encor par vne irregularité pareille, oubliant le foin des affaires importantes pour s'attacher à des obferuations de neant, fit ofter au fieur Roquette Procureur au mefme Parlement, le foin des affaires de la ville de Roüen, pource qu'il manioit celle de la Maifon de Longueville ; comme fi le feruice du public & d'vn Prince eftoient des chofes incompatibles, & qu'vn fourbe comme Bazin fuft plus propre aux intentions d'vn Miniftere corrompu, que Roquette, dont l'adroite integrité eft connuë de tout le monde.

CXXVIII.
Conclusion de cette Apologie.

Mais il fuffit d'auoir répondu aux principaux chefs de l'accufation contre le Duc de Longueville fans qu'il foit neceffaire de iuftifier plus amplement d'autres perfonnes. Concluons donc que ce n'eft pas pour aucun attentat commis, ny pour s'eftre voulu retirer dans fon Gouuernement à deffein de s'y cantonner, qu'on s'eft affeuré de la perfonne de ce Prince, mais pource que tel a efté le plaifir, non pas du Roy, mais du Mazarin, qui veut raffurer les frayeurs que la mauuaife confcience luy donne, en perfecutant les innocens. On fera voir vn iour qu'on donne aux ennemis de l'Eftat les plus vtiles charges de la Couronne, pendant qu'on ofte tout à ceux qui l'ont defenduë au prix de leur fang, & qui luy ont apporté le fruict de tant de conqueftes! Le Mazarin encor qui veut tout acheuer de perdre, eft maiftre abfolu de toutes chofes, & ceux qui ont

On punit les innocēs pour recompenfer les coupables.

CXXIX.
La Maifon de Vendôme fait paftir les Princes, mais peut eftre elle en patira.

tout conferué font efclaues de Bar! Apres cela dira-t'on que la Declaration eft bien obferuée, eftant violée de tous poincts? Pouuoit-t'on prendre trois Princes fans aucune formalité, & les retenir apres les trois mois, puis qu'vn de fes articles portoit qu'on ne pourroit pas vfer de fes violences contre les moindres perfonnes de l'Eftat? Deuoit on empefcher Madame la Princeffe Douairiere d'implorer la Iuftice contre les procedures de la Tyrannie; & falloit-il obliger les autres Princeffes de recourir aux armes, puis qu'elles ne pouuoient attendre aucun fecours du cofté des Loix? Bordeaux a raifon de craindre qu'on ne luy tienne rien de tout ce qu'on luy promet, car épargnera-t'on les peuples apres auoir opprimé les Princes? Mais Dieu qui a fondé la Maifon royale en conferuera les membres, & couronnera enfin une innocence que nous auons défenduë, & qu'vne malice defefperée veut perdre.

C'eft celuy qui garde les Princes.

Madame la Princeffe. Madame de Longueville.

FIN.

MAZARINADES NORMANDES

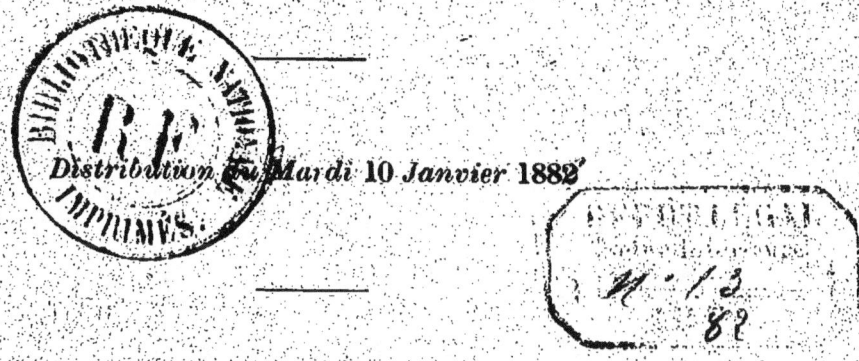

Les particularités de l'entrée des princes à Paris

et de celle du cardinal Mazarin au Havre.

—

Désaveu de l'Apologie du duc de Longueville

faite par un gentilhomme breton.

—

Réponse à une lettre écrite de Rouen

sur l'Apologie du duc de Longueville.

LES

PARTICVLARITEZ

DE L'ENTREE DE
Messieurs les Princes dans
la ville de Paris; Et de celle
du Cardinal Mazarin dans
le Havre de Grace.

Auec la Lettre envoyée au Mareſchal de Turenne,
sur l'élargiſſement des Princes.

A PARIS,

M. DC. LI.

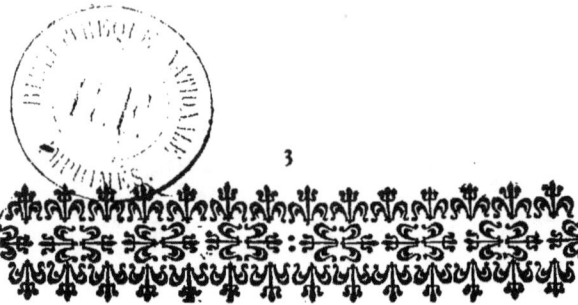

LES PARTICULARITEZ

de l'arrivée de Meſſieurs les
Princes dans Paris, & de celle
du Cardinal Mazarin au Havre
de Grace; envoyées au Mareſchal de Turenne.

MONSEIGNEVR,

Ie puis ſans apprehenſion ſouſcrire, & vous envoyer
celle-cy, puis qu'elle contient la nouuelle d'un ſuccez où
toute la Cour, tout le Parlement, tout Paris, & toute la
France, auſſi bien que vous, ſe ſont interreſſez. Nos Princes

font libres, Monfeigneur, & l'indigne Autheur de leur cap-
tiuité fe treuue enfin en eftat de n'attenter plus contre des
teftes fi fublimes, & fi generallement cheries de tous les
bons François; ie vous ay mandé par ma precedente tout
ce qui s'eft paffé à la Cour, & au Parlement, tant en faueur
de ces illuftres captifs que contre cét imfame ennemi de
leur gloire, & celle-cy vous apprendra quelques particula-
ritez qui vous feront d'autant plus agreables, qu'elles
découurent les fourbes continuelles de l'vn, & font
cognoiftre la joye que tout le monde a tefmoigné pour la
deliurance & le retour des autres ; le Cardinal Mazarin fe
voulant attribuer la gloire de les auoir deliurez, fit en forte
d'eftre le porteur de la lettre de cachet que le Roi & la
Reine auoient fignée à cette fin, mais craignant d'eftre
preuenu par les fieurs de la Roche-Foucaut, Champlaftreus,
& Prefident Violle, Deputez de leurfd. Majeftez, & porteurs
d'vne autre lettre fignée côme la precedente, & en outre de
fon Alteffe Royalle, Il eut la malice d'empefcher qu'il ne fe
treuuaft aucuns cheuaux fur les chemins pour relayer le
Courrier, ny lefdits Deputez. Stratageme qui luy reüffit fi
bien, qu'il arriua au Havre vne heure auant ledit Courier
de fon Alteffe, & auant que lefdits Deputez en fuffent à fix
lieües toutesfois fon arriuée en ladite ville fut autre qu'il ne
s'eftoit propofé, car loin d'y eftre reçeu, & d'y trouuer du
monde à fa deuotion, peu s'en fallut que le peuple n'anti-
cipaft les quinze jours qui luy font accordez pour fortir le
Royaume ; & apres lequel temps il eft permis aux Cômunes
de luy courir fus, ce qui dés lors feroit infailliblement arriué

fans l'ordre apporté par M. le Marefchal qui fortit de la
Citadelle pour appaifer l'emotion. Apres quoy il conduifit
ledit Cardinal, luy dixiefme dans la petite Citadelle, où eftant
arriué & s'eftant abouché auec le fieur de Bar, il alla falüer
Monfeigneur le Prince de Condé, qui fut encore affez genereux pour fe donner la patience d'entendre le compliment
que luy fit ce fourbe, qui ne tendoit à autre chofe qu'à
perfuader à ce braue Prince qu'il auoit le plus contribué à
fa deliurance. A quoy fon Alteffe ne refpondit autre chofe
finon qu'il remercioit le Roy, la Reine Regente & Monfeigneur le Duc d'Orleans. Et ainfi fe fepara d'auec le Cardinal,
& partit du Havre pour venir coucher à Honfleur, d'où lui,
Meffieurs de Conty & de Longueville delogerent Lundi
treiziefme Fevrier accompagnez du Marefchal de Gramont
& des Deputez enuoyez pour leur deliurance, & vinrent
loger à Roüen. Le Mercredy quinziefme de ce mois partirent
de cette ville grand nombre de Seigneurs pour l'aller
accueillir en chemin : & le foir du mefme jour furẽt faits
en plufieurs endroits de cette ville des feux de joye pour
leur retour, qui fe fit hier 16. de ce mois fur les 4 à 5 heures
du foir, en la maniere fuiuãte. Lefdits feigneurs Princes de
Condé, de Conty & Duc de Longueville eftant arriuez à
S. Denys, ils enuoyerent vers fon Alteffe Royalle pour
fçauoir d'elle l'ordre qu'ils deuoient tenir pour leur entrée,
& où elle trouuoit à propos qu'ils allaffent defcendre : à
quoy leur ayant efté mandé que le Roy & la Reine Regente
les attendoient ce mefme foir, ils partirent de S. Denys fur
les 3. heures apres midy, & vinrent accõpagnez d'vne foule

DESADVEV

DV LIBELLE

Intitulé,

APOLOGIE

PARTICULIÈRE

DE MONSIEVR LE DVC

DE LONGVEVILLE,

par vn Gentilhomme Breton.

M. DC. LI.

DESADVEV DV LIBELLE

intitulé,

Apologie particulière de Monfieur le Duc de Longueville

par vn Gentilhomme Breton.

C'Eft vne Maxime de l'Orateur Romain, qu'il ne fe faut point mettre en peine de prouuer les chofes cuidentes. Sa raifon eft, qu'au lieu d'y apporter vne nouuelle clarté, l'on rend douteux, ce qui eftoit affeuré, & que le difcours n'eft fait que pour l'efclairciffement des chofes. Le mefme nous enfeigne, que le principal foin doit être de ne rien dire, qui puiffe nuire au fujet duquel on entreprend la deffence. Ce n'eft pas toufiours l'infidelité qui produit ce mauvais effet ; Le peu de iugement ou de connoiffance des chofes que l'on traitte y contribuë quelquefois autant que la malice.

Le Gentilhomme Breton qui a fait depuis peu l'apologie du Duc de Longueville, n'a pas fceu tirer proffit des fages aduertiffemens de cet Ancien. Il a fait vn gros volume pour iuftifier fon innocence qui eft toute auerée. Il n'eftoit pas befoin non plus qu'il eftudiaft les Annales pour releuer la réputation de ce Prince. Il y a trop de champ & de matiere dans vn fi beau fujet, comme eft celuy de fa vie,

Quemad-modü res obfcure dicendo fiunt apertiores, fic res apertæ obfcuriores fiunt oratione. Non tam vt profim caufis elaborare foleo, quam vt nequid obfim. Multo enim turpius eft oratori nocuiffe videri caufæ quam non profuiffe. Hæc oratoris laus vel maxima, non folü quod opus eft vt dicat, fed etiã quod non opus eft vt non dicat.

pour n'entretenir le Lecteur que des loüanges de ſes Anceſtres. Le Duc de Longueville eſt aſſez illuſtre par ſes propres actions, & pour rehauſſer ſa gloire, il ne faut point aller foüiller dans les anciennes hiſtoires ; il ne faut eſtre inſtruit que de ce qui s'eſt paſſé de plus memorable dans la France, dans l'Italie, & dans l'Allemagne depuis quinze ou ſeize ans.

Auſſi à dire vray, cet eſcrit ne fait rien moins que ce qu'il promet par ſon tiltre, & ſemble n'auoir eſté mis au iour que pour auoir occaſion de parler mal de diuerſes perſonnes. Ce deſſein eſt bien eſloigné de la generoſité de ce grand Prince, & ie ſuis aſſeuré qu'il le deſaduoüeroit s'il eſtoit en liberté. A quel propos remplir de meſdiſances vne Apologie ? Pourquoy offencer les Ducs de Vendoſme & de Beauſort ? A quoy ſert de diffamer la mémoire du Duc d'Eſpernon, luy ſuppoſant un crime imaginaire ? Quelle néceſſité y auoit-il de parler avec meſpris du Duc de Luines, de la Ducheſſe d'Aiguillon, de s'en prendre au Mareſchal de Gramont, aux ſieurs de Seruient, et de Lionne, & de calomnier Meſſieurs de Matignon, & de Beuueron ? Quelle façon eſt celle-là de loüer le Duc de Longueville, en s'efforçant d'oſter l'honneur à deux Gentilshommes, ceux d'entre ſes domeſtiques qu'il a le plus aimez & eſtimez, et auſquels pour marque de leur valeur & fidélité, il auoit confié la garde des deux places qu'il tenoit du Roy dans ſon Gouuernement ? Mais ce qui eſt inſupportable, eſt que cet Apologiſte s'eſt porté iuſques à parler de la Royne auec peu de reſpect, d'attaquer d'iniures le Conseil d'enhaut,

ainſi qu'il l'appelle, et meſme d'vſer de termes, à l'endroit
de la ſacrée perſonne du Roy, qui ne ſe peuuent excuſer,
& qui eſtans expliquez auec rigueur, pourroient paſſer pour
vn crime, et dans la plus douce interpretation ne peuuent
eſtre tolerez que ſur l'impertinence de celuy qui les auance.
C'eſt à quoy ceux qui liront ſon Apologie, ſont ſuppliez de
ne faire point de reflexion ; & de ne croire pas que les
veritables Seruiteurs du Duc de Longueville, ayent aucune
part dans vn eſcrit ſi peu judicieux. Et c'eſt ce qui m'a
obligé de prendre la plume, non pour cenſurer les fautes
d'vn liure ; qu'il faudroit effacer preſque par tout, pour l'en
purger ; Mais pour ne laiſſer pas cette impreſſion au public,
qu'vn Prince, qui n'a iamais offencé de paroles ceux meſmes qui l'ont perſecuté, fuſt capable d'aduoüer ce que contient vn libelle qui porte ſon nom, & qui au lieu de luy
acquerir des ſeruiteurs, luy feroit perdre ceux qui ont infi-
niment plus d'affection pour luy, que cet indiſcret Apologiſte. Il n'eſt iamais ſorty vne parole de la bouche du Duc
de Longueville, que pleine de respect, d'honneur, & de
ſoubmiſſion, enuers leurs Majeſtez, il n'auroit garde de
traicter iniurieuſement le Conseil, ayant l'honneur d'en
eſtre vn des membres principaux, choiſy par le feu Roy
pour y tenir vne place eminente. Toutes les perſonnes qui
ſont notées dans cet eſcrit luy ſont amies, comme il eſtime,
& s'il auoit à ſe plaindre d'eux, ce ne ſeroit pas par vne
voix ſi foible. Monſieur de Matignon a l'honneur de luy
eſtre parent, & Monſieur de Beuueron ſon allié, tous deux
ſont profeſſion ouuerte d'eſtre ſes ſeruiteurs. Le dernier a

réceu Madame la Ducheffe de Longueville dans fa maifon,
autant de temps qu'il lui a plû d'y demeurer ; Elle en eft
fortie quand elle l'a voulu, auec la mefme liberté qu'elle y
y eftoit entrée. Elle eft partie du Vieil Palais de Roüen
auec regret, comme elle a depuis efté obligée de quitter
Dieppe, où elle euft bien fouhaitté de trouuer du repos auec
la feureté de fa perfonne. Cette grande Princeffe digne
de compaffion, accablée de douleurs, & reduite en vn
eftat qui peut faire pitié à fes propres ennemis, crût qu'on
auoit deffin de l'arrefter, comme l'on auoit arrefté fes freres
et fon mary; elle ne fuyoit pas la prifon qui luy euft efté
plus douce & plus fupportable, que la vie qu'elle a menée
depuis. Mais elle iugea qu'eftant libre, elle pourroit feruir
dauantage à la liberté de perfonnes qui luy eftoient fi cheres.
Que fi elle a pris en fuitte quelque engagement auec l'Eftranger, la grande paffion qu'elle auoit pour les prifonniers,
& les artifices dont on a vfé enuers elle, pour luy perfuader
que ce moyen là eftoit le plus court pour les deliurer, luy
ont fait prendre cette refolution , qui eft bien digne
d'excufe, fi l'on pefe auec équité toutes les circonftances
de fon malheur. Ses premieres penfées eftoient bien efloignées d'aucun confeil de guerre, puis qu'elle congedia
promptement tous ceux qui fe venoient offrir à elle à
Roüen & à Dieppe, & qu'elle commanda au fieur de Chambois de ne faire aucune refiftance dans le Pont de l'Arche,
ordre, qu'elle donna aussi pour les deux autres places. Et ie
ne doute pas que cette Princeffe ne foit dans vn continuel
defplaifir de se voir en l'eftat où elle est, & qu'elle ne fou-

haite à tout moment le reſtabliſſement de ſes freres & de
ſon mary aux bonnes graces de leurs Mejeſtez, leur deliurance, & ſon retour en ſa patrie. Quant aux ſieurs de la
Croizette, & de Montigny, ie demanderois volontiers à ce
Gentilhomme Breton, quelle différence il met entre leur
aĉtion, d'auoir rendu Dieppe & Caen au Roy, et celle du
ſieur de Chambois, lors qu'il a rendu le Pont de l'Arche ?
Ie n'accuſe point le ſieur de Chambois, que ie tiens pour
homme d'honneur, ayant beaucoup de cœur & d'affeĉtion
pour ſon Maiſtre ; Mais ie dis que l'Apologiſte, qui tesmoi-
gne d'eſtre ſon amy, l'offenſe neantmoins en blaſmant ceux
qui ont tenu vne conduite ſemblable à la ſienne, et en laquelle il leur a ſeruy d'exemple. Si cet Eſcrivain euſt eu
autant de prudence pour deffendre le Duc de Longueville,
comme il veut qu'on croye qu'il luy eſt affeĉtionné, il euſt
dit auec bien plus de raiſon & de verité, que les penſées de
ce Prince eſtoiët ſi innocentes & ſi eſloignées du deſſein
d'vne guerre ciuile, que luy eſtant tres-facile de ietter des
hommes & des munitions dans ces trois places, il les auoit
laiſſées au meſme eſtat qu'elles pouuoient eſtre dans la plus
profonde tranquillité du Royaume. Et quand ceux qui y
commandoient (qui tous trois ſont perſonnes d'honneur &
de courage) euſſent voulu reſiſter, ils n'en euſſent pas eu le
moyen, veu la foibleſſe des places, le manquement de
garniſon, & des choſes néceſſaires à leur deffenſe. Mais ny
eux n'ont point eu cette volonté, ny le Duc de Longueville
cette préuoyance, d'autant qu'il n'a iamais eu d'autre deſſein
que d'obeyr au Roy. Et c'eſt en cette façon qu'vn homme,

ayant le fens commun, euft parlé de ce Prince, que celuy-ci
veut, & ne fçait pas deffendre. Il fe fuft bien gardé auffi,
de mefler dans un fujet de cette importance, les chofes
fi peu confiderables, qui feules, peut eftre, ont donné lieu
à tout fon difcours, comme la Genealogie du fieur de
Montenay, les interefts de l'Aduocat Baudry, ceux du
Procureur Roquette, qui viennent auffi à propos pour l'Apologie du Duc de Longueville, comme ce qu'il va rechercher
du Prefident de Bouteroude, & de fon fils le fieur de Sainct
Aubin, fans oublier la porte Cauchoife, & tant d'autres petits
comptes, qui ne peuuent auoir de grace que parmi les
Purins de Roüen, ou parmi ceux de la Cinquantaine.
Paroiffant affez que ce pretendu Breton a veu plus fouuent
l'emboucheure de la Seine, que celle de la Loire.

Dieu nous garde de tels Panegyriftes. L'honneur d'vn
Prince feroit bien mal appuyé, qui n'auroit de relief, &
d'efclat, que par les efcrits d'vn homme fi peu verfé en
l'hiftoire du temps. Ie luy en veux icy tracer quelques
memoires, afin que dans le fecond liure qu'il nous promet,
il releue les defauts du premier ; Et afin qu'il fçache, que
comme le Duc de Longueville tient à beaucoup de gloire
de compter entre fes Anceftres le fameux Comte de Dunois,
& tant d'autres grands Princes dont il eft fait mention dans
fon Apologie, il a de fon chef, vefcu de forte, que fes vertus,
& fes belles actions, le rendent affez recommandable, quand
il n'auroit pas tiré de fa naiffance les auantages qui font
connus de tout le monde.

Iuffus di-   L'aifné des Scipions, celuy qui rendit Chartage tributaire à Rome, eſtant accuſé de quelque choſe aſſez legere, au lieu de reſpondre aux crimes qu'on lui imputoit, fit recit au peuple Romain de ſes combats; & de tout ce qu'il auoit fait de plus beau durãt ſa vie. Ce que perſõne ne trouua mauuais encor qu'il publiaſt, luy meſme ſes loüãges, & qu'il les fiſt ſonner biẽ haut, parce que ce n'eſtoit point par vaine gloire, mais pour éviter le peril où ſes ennemis le vouloient faire tomber. Il ſemble par vne meſme raiſon qu'il n'eſt pas neceſſaire d'entrer dans la iuſtification du Duc de Longueville, puis que meſme on n'a pû alleguer aucun crime contre luy, & que pour vſer des termes du Palais, quand il prendroit droit par ſon accuſation, il n'y a point de ſeuerité qui puiſſe donner atteinte à ſon innocence. Attendu que ce qu'il y a de plus odieux ne ſont que des paroles inſolentes & indiſcretes de quelque valet, deſquelles on ne demeure pas d'accord. On peut donc ſans enuie ſuiure l'exemple de ce Capitaine Romain, & dire plus au long certaines choſes que ce Libelle n'a fait que toucher en paſſant, & qui bien que tres-veritables, ne ſont peut eſtre pas connus d'vn chacun par la modeſtie de ce Prince.

cere cauſam, ſine vlla crimiuũ mentione, orationem adeo magnificam de rebus ab ſe geſtis, eſt exorſus vt ſatis conſtaret neminem vnquam neque melius, neque verius eſſe laudatum quippe auriũ faſtidium aberat, quia pro periculo non in gloriam referebantur. *Liuius.*
Verba aliena arguuntur, adeo factorũ innocens ſum. *Tacitus.*

La victoire d'Auain n'ayant pas apporté à la France tout l'aduantage que promettoit vn ſi heureux commencemẽt. Et la reuolte de la Lorraine ayant obligé le Roy d'y porter ſes forces & ſa perſonne, l'arriere-ban fut conuoqué. Le Duc de Longueville, qui de long-temps n'auoit pas eu occaſion de faire connaiſtre ſon ardeur au ſeruice du Roy, & combien il auoit de moyens propres à l'auancer, eſtimant honorable tout ce qui pouuoit tourner au bien de

1635.

2

l'Eftat, fe mit en tefte de la Nobleffe de Normandie. Auffi faut-il aduouër que l'on vit vne fi notable difference entre les Gentilshommes de ce païs là, & ceux des autres Prouinces, que la Normandie feule en fournit plus que le refte de la France. Ie ne dis rien qui ne foit connu de ceux qui ont veu cette occafion. Dix-huiĉt cens Gentilshommes Normans pafferent en Lorraine; ils faifoient fix mille cheuaux de fervice. Troupe, bien refoluë, & qui dans une bataille euft efté capable de faire vn merueilleux effet. Mais l'occafion ne s'en eftant pas préfentée, elle fit voir au moins aux eftrangers, ce que la France peut dans vne neceffité, elle fit connoiftre au Roy l'affeĉion de la Prouince, & le zele du Gouuerneur.

:6.6. L'année fuiuante fut encor plus fafcheufe; Il fe peut dire auecque verité, que depuis la guerre declarée entre les deux Couronnes, la France ne s'eft point veuë dans vn fi grand peril. Sur la fin de l'efté, l'Empereur, qui n'eftoit pour lors que Roy d'Hongrie, fe feruit de la commodité de Brizach, & de la Franche Comté, pour faire entrer quarante mille Allemands dans nos Frontieres, Galas, & le Duc Charles conduifoient ce grand Corps. Et au mefme temps les Gene-raux du Roy Catholicque, ayant pris la Capelle, le Catelet, & Corbie, donnerent de la terreur à Paris & dans le Cœur du Royaume. En vne occafion fi preffante, la Normandie, par les foins du Duc de Longueville, mit fur pied vne Armée, leuée des feuls hommes, & des feuls deniers de la Prouince. Cette Armée eftoit compofée de fix Regimens d'Infanterie, de mille hommes chacun, & de dix compa-

gnies de Caualerie, qui faifoient mille ou douze cent cheuaux,
y comprenant quatre cent Gentils-hommes volontaires,
commandez par le fieur de Matignon, digne fils du grand
Marefchal du mefme nom, tant illuftre dans noftre Hiftoire.
De cette Armée le Duc de Longueville fut fait General.
Elle fut en eftat d'agir que fur la fin d'Octobre. Auquel
temps elle prit fa marche vers la Bourgongne où eftoit le
danger. Le bruit de ce fecours, la refiftance, non iamais affez
loüée, que Galas trouua dans la petite ville de fainct Iean
de Lone, & les pluyes continuelles qui firent deborder les
riuieres, ou pour mieux dire, le bon-heur de la France, &
celuy de noftre iufte Roy, rendirent inutile cette grande
Armée, qui menaçoit de tirer contributiou de tout ce qui
eft entre Lyon, & Paris, & d'y prendre fes quartiers d'hyuer.
Elle fe retira auec beaucoup de perte. Et la petite Armée
Normande, qui fut employée à reprendre quelques Chafteaux dans la Lorraine, où les ennemis s'eftoient fortifiez,
se diminua fort, comme il eft ordinaire aux Trouppes nou-
uellement leuées. Au mois de Feurier fuiuant, elle fut com- 1637.
mandée d'aller en Franche Comté, pour s'oppofer aux
rauages & aux incendies, que les Comtois, enflez du
fuccez de l'année precedente, & affiftez de Trouppes Alle-
mandes & Lorraines, faifoient dans les Frontieres du Duché
de Bourgongne, & de la Breffe.

Le Duc qui ne trouuoit rien impoffible dans la paffion
qu'il auoit de fervir le Roy, & de donner des preuues de
fa valeur, ayant ioint à fes Trouppes, partie de l'ancien
Regiment de Normandie, & quelques Garnifons du Duché,

entre dans la Franche-Comté, affifté du Vicomte d'Arpa-
jon. Et dez le mois de Mars il prend d'affaut la ville de
Sainct Amour. Au mefme temps que cette place fut forcée,
trois cent Cheuaux Normans, commandez par le fieur de
Guitry Berticheres, & fauorifez de cent moufquetaires feulement, deffirent quatre Regimens de Caualerie Alemande &
Lorraine, où les Colonels Clinchant, & Gomus furent tuez.
L'on prit en fuite de cet exploict Dortan, Arinto, Orgelet,
Lion le Saulnier ville & chafteau (qui par l'obftination des
habitans et des troupes qui la deffendoient fut reduite quafi
tout en cendre,) puis Courlaou, Sainct Laurent de la Roche,
l'Eftoille, Bornay, Montegu, & plus de trente Villes, ou
Bourgs fermez, ou Chafteaux fortifiez. Et fans la pefte qui
trauailla extraordinairement cette petite Armée, elle euft
mis à l'obeïffance du Roy la meilleure partie du Comté. Sur
la fin de la campagne le Comte de Guebriant venant de la
Valteline, & ayant amené quelques troupes au Duc, il atta-
qua et prit Bletterans. Ceux qui connoiffent la Franche-
Comté fçauent qu'il y a trois places en cette Prouince que
l'on a eftimé de tout temps egalement fortes, Dole, Gray
& Bletterans. Cette derniere fut emportée en treize iours
par vne armée de quatre mille hommes, qui prefenta le
combat au Duc Charles venant trop tard au fecours de la
place. Elle eft encore au pouuoir de la France, & donne
facilité au Roy d'affuiettir le refte de la Prouince, toutes les
fois que fa Maiefté en fera l'entreprise.

1638. · L'année d'après, le Duc de Longueville fut enuoyé dans
le mefme païs, & l'on luy deftina vne armée plus forte &

puiffante que la première. Le fieur de Feuquieres fut Lieutenant General foubs luy, & le fieur de la Motthe Oudan-
court Marefchal de Camp. Quoy que l'on n'euft pas la
moitié des troupes, qui deuoient eftre de quinze à feize
mille hommes, le Duc entrant dans la Franche-Comté prend
Raon, Chauffin, Frontenay, Chafteau-Chalon, oblige le
Duc Charles à quitter le Baffigny, où il allumoit de beaux
feux, Et le trouuant retranché au deffus de Poligny, & plus
fort en Caualerie que luy, il le pouffe neantmoins, & luy
donne le combat, auquel ayant pris fur le Lorrain deux
pieces de canon, & luy faifant quitter fon pofte, il le contraint de fe refferrer en des lieux forts & inacceffibles, d'où
il couuroit Salins. L'on prit à la veuë de l'armée ennemie
les Villes et Chafteaux de Poligny, et d'Artois, puis la
Baume, & le fort Chafteau de Vadan. Et repaffant le
Doux l'on fit monftre à la veuë de Dole. On prit apres la
ville de Pefme, & les Chafteaux de Cheuigney & d'Autray,
& puis Champlite, qui fut emporté d'affaut en plein midy,
à la veuë de l'armée Lorraine ; de Champlite, le Duc de
Longueville retourna aux montagnes de la Breffe & du
Beugé, d'où il fit paffer deux mille hommes au fecours du
Duc de Veymar, qui fans ce fecours, eftoit obligé de leuer
le fiege de Brizach. Le Sieur de Roqueceruiere qui conduifoit ces Trouppes, paffa dans le Comté de Neuchaftel,
Patrimoine de la maifon de Longueville, où les Soldats
firent vne Monftre des deniers du Duc, ce qui leur donna
courage de paffer, & fit le veritable effet d'vn si vtile
fecours. Ce deffein acheué, le Duc retourne en Lorraine,

deffait Sauelly, qui alloit joindre le Duc Charles, marchant
au secours de Brizach affiegé, prend Luneville d'affaut;
trois jours après cette deffaitte, encors qu'il y eut douze
cens hommes dans la place, les meilleurs qu'euffent les
Ennemis. Et pour fin de fa campagne, il enuoya vn fecond
renfort au Duc de Veymar, qui a dit fouuent, & en diuers
lieux, qu'il auoit affiegé Brizach, & que le Duc de Longueville l'auoit pris.

On ne doit pas oublier en paffant, qu'il fut enuoyé de
la Cour ordre au Duc de Longueville, ou, de faire telle
entreprife qu'il iugeroit la plus reüffible dans la Franche
Comté, ou de faire paffer des Trouppes au fecours du Duc
de Veymar. Mais preferant l'vtilité publicque à la fienne
particuliere, il fit election du dernier party, comme eftant
plus auantageux à l'Eftat. Ce que le Roy fceut fort bien
reconnoiftre, & louër hautement le feruice confiderable qui
luy auoit efté rendu, en oftant à la maifon d'Auftriche vne
des plus importantes places de l'Europe, & vn Pont dreffé
fur le Rhein, pour ietter toutes les forces de l'Empire dans
la France, autant de fois que cette ambitieufe Maifon fe fuft
veuë en eftat de l'entreprendre.

1639.　　En trente-neuf. Le Duc de Longueville fut encore choifi
pour acheuer la Conquête de la Franche-Comté, où il auoit
jusque là fi heureufement réüffi. Et la vérité eft, que ces
peuples, quoy qu'obftinez à ne point changer de Maiftre,
eftoient fort efbranlez, & inclinoient à demander la Paix,
voulans mefme employer pour interceffeur, celuy qui les
auoit reduit en ces termes, & fe feruir de l'entremife de ce

Prince, dont le nom leur eſtoit en eſtime, bien loing de luy
porter de la haine. Mais Dieu qui diſpose des Eſtats, & qui
tient en ſa main les cœurs, & les volontez des Princes,
permit, qu'il y eut de grands mouuemens dans la Sauoye,
& le Piedmont, Le Cardinal de Sauoye, & le Prince Thomas s'eſtans liguez auec l'Eſpagnol, contre Madame & le
jeune Duc leur Nepueu. Ce qui fut ſuiuy de la réuolte de
quantité de places fortes, & preſque de tout le Piedmont.
L'ordre fut enuoyé au Duc de Longueville, de quitter le
Comté de Bourgongne, pour aller au secours de Madame.
Il paſſa les Monts, auec vne Armée de ſix à sept mille
hommes, & s'eſtant auancé iuſqu'à Thurin, pendant que les
Troupes eſtoient en marche, il apprit en y arriuant, que le
Prince Thomas & le Marquis de Leganés, eſtoient venus au ſecours de Chiuas aſsiegé par le Cardinal de la Vallette. Il y ac-
courut auſsi-toſt, ſur des cheuaux de poſte, pour ne manquer
pas de ſa perſonne, en vne ſi belle occaſion. Il y arriua ſi à
propos, que les deux armées eſtans en bataille, l'on commençoit à faire feu de part & d'autre. Le bruit de ſa venuë
ayant couru parmy nos Soldats, il parut vne ſi grande alle-
greſſe, & ils eſleuerent vn tel cry de joye, ſoit par l'affection
qu'ils portoient à ce Prince, ſoit qu'ils creuſſent qu'il
n'eſtoit pas ſeul, & qu'il y auoit du renfort & des troupes
auec luy, qne la nouuelle paſſa iuſque dans l'Armée ennemie, dont les Chefs jugerent à propos de faire leur retraicte,
ſans hazarder le combat, Et le lendemain, Chiuas se rendit.

L'armée du Duc paſſa cependant les Monts, & ſi toſt
qu'on la vit paroiſtre dans le Piedmont, pluſieurs places ſe
remirent dans le deuoir, enuoyant reconnoiſtre Madame,

Foſſan & Sauillan furent de ce nombre. Et la Citadelle de Beine, s'eſtant réſoluë d'attendre vn ſiege, fut emportée d'aſſaut, apres que la mine eut joüé, Ce qui eſtoit dedans fut mis au fil de l'eſpée. De Beine, le Duc alla à Modeuis, qui fut abandonné par le Prince Thomas, et delà on marcha à Conis & Thurin, & s'eſtant chargé d'obſeruer les enne-mis, & de s'oppoſer à leurs entrepriſes, pendant que l'autre armée tiendroit la campagne, ou aſſiegeroit les places rebelles.

La ſurprise de Thurin par le Prince Thomas, fit quitter le ſiege de Conis, dans lequel on eſperoit de · prendre le Cardinal de Sauoye, qui s'y eſtoit enfermé. Le Duc en ayant eu la nouuelle ſur le ſoir, marche toute la nuict & tout le iour ſuiuant, ſe rend deuant Thurin auec le Cardi-nal de la Vallette, ils tirent Madame de la Citadelle, la-quelle ayant munie, & mis dedans le ſieur de Couuonge pour la deffendre, ils firent conduire ſon Alteſſe Royale à Suze.

Deuant Thurin ſe fit vne Trefue pour deux mois, & en ſuite vne Entreueuë au Valantin, du Duc de Longueuille, et du Cardinal de la Vallette, auec le Prince Thomas, & le Marquis de Leganés.

Trois iours auant la Trefue ſignée, le Duc de Longue-ville auoit receu ordre de la Cour, de paſſer en Alemagne auec ſon train ſeulement, pour y tenir la place du Duc de Veymar deffunct. L'on pourroit icy rapporter le regret, que ce premier laiſſa de ſoy dans l'armée d'Italie, mais la verité ne s'en pouuant exprimer ſans quelque apparence de flaterie, il reſte en vie quantité d'Officiers qui peuuent rendre ce tefmoignage. Il paffe la Saûoye et la Suiffe, & fe rend à Colmar à la fin d'Aouft. Il trouue dans l'Alface le Comte de Guebriant, le fieur de Choisy, auiourd'huy Chancelier de Monfieur le Duc d'Orleans, & le Baron d'Oifonville, qui traictoient auec les Colonels de l'armée du Duc de Veymar, aufquels ce Prince à fa mort en auoit laiffé la conduite.

Le Traicté fut fi heureux, par la prefence, & par l'authorité du Duc de Longueville, que le Roy mit en fon obeïffance Brizach, auec deux des villes Foreftieres, Rheinfelt & Lauffembourg, & encore Fribourg en Brifgauu, les commandans de ces places ayant pris commiffion du Roy, & prefté le ferment à fa Majefté. Auec cela, quatre mille cheuaux des meilleurs d'Alemagne entrerent à fon feruice, & dix Regimens d'Infanterie leuez par le feu Roy de Suede. Ce fut vn coup d'effay, qui fit voir à l'Empire quel deuoit eftre vn iour le Duc de Longueville dans la negotiation, après luy auoir fait paroiftre ce qu'il fçauoit faire en commandant les armées.

Ces troupes Alemandes jointes à ce peu de François qu'auoit amenez le Marquis de Lenoncour, commencerēt à marcher fur la fin d'Octobre en defcendant le Rhein. Le premier logement fut à Scheleftat, où commandoit le Marquis de Montozier. De là elles pafferent prés de Benfelt, de Strasbourg, puis à Haguenau, à Vuitzembourg, à Laudauu, à Germizein. L'armée de Bauiere coftoyant la noftre au delà du Rhein, & iettant des forces dans Spire, Vormes,

3

& Mayence, dont la conquefte eftoit referuée à l'inuincible Prince de Condé.

Dans ce mefme temps, Picolomini paffant de Flandres en Alemagne, auec vne armée de dix mille hõmes, qu'il menoit aux Archiducs preffez dans la Boheme par le General Banier, faillit entourer d'vn cofté le Duc de Longueville, que l'armée de Bauiere ferroit de l'autre. Le Duc refolu de combattre les premiers qui fe prefenteroient, prit Neuftat dans le Palatinat, & continuant fa marche fur la fin du mois de Nouembre fe rendit Maiftre d'Oppenhein, d'Altzhein, de Binghen & puis de Creutzenach auec fon fort chafteau, qui fut emporté en fix iours, quoy que le grand Guftaue euft employé fix fepmaines entieres à le prendre. Il prit auffi Baccharach, & ces villes là, luy donnerent moyen de fubfifter deçà le Rhein, iufqu'au 26 de Decembre. Mais n'y pouuant viure dauantage, & n'ayant autre party à fuiure que de retourner en France pour y prendre fes quartiers d'hyuer, en abandonnant du tout les affaires d'Alemagne, qui auoient befoin d'vn prompt fecours, ou de tenter le paffage du Rhein, il fe refolut de prendre ce hazard, & ayant recouuert fept ou huiçt bateaux à Binghen, il fit paffer le Rhein à l'armée au deffus de Baccharach. Le paffage fe fit la nuiçt pour furprendre les ennemis qui auoient deux Regimens de Dragons logez à l'autre bord. Où le Comte de Guebriant paffa avec deux Regimens d'Infanterie, & le Colonel Roze auec fon Regiment de caualerie, & vn autre, tous auec tant d'ardeur, qu'ayant mis en fuite partie defdits Dragons, & obligé les autres à fe retirer dans vne Tour fur le bord du Rhein, qui fut le lendemain renduë, le refte de l'armée paffa les iours fuiuans fans peine. Quand les premieres Troupes fe mirent fur l'eau, le Duc fut toute la nuict au bord du fleuue donnant les ordres, l'exemple, & le courage aux foldats, qui fe porterent auec tant d'affection, que les Rheiftres ayant laiffé leurs Chariots, c'eft à dire leurs Maifons, deça l'eau, la plufpart trainoient apres eux leurs cheuaux à la nage.

Quorum plauftra vagas rite trahunt domos.

Depuis le deuxiefme iufqu'au vingt-troifiefme de Ianvier. L'on marcha en de tres-grandes difficultez, & difette de viures. Les foldats n'ayant pour pain que des fruicts, & des raues, & les Officiers, mefme la table du General eftant fouuent fans pain. Limbourg feruit à vn petit rafraifchiffement, qui dura cinq ou fix iours. Enfin l'on s'auança fur les terres du Landgraue de Heffe Darmftad, qui auoient efté conferuées depuis vn long-temps. Elles fournirent à l'armée de quoy fe reftablir par les grains, & les beftiaux qui y furent trouuez en abondance, auec grand nombre de cheuaux. En forte que le Duc, qui auoit paffé le Rhein auec moins de mille cheuaux de combat, y ayant plus de Rheiftres defmontez que d'autres, fe vit en quinze iours trois mille cheuaux de feruice, & quand on quitta le quartier, on pouuoit compter quatre mille cinq cents Caualiers bien montez, fans les cheuaux de voicture, & ceux que l'on menoit en main, qui n'eftoient pas en moindre nombre.

1640.

Le premier effect du paffage fut le renoüement du Traicté de la Landgraue, Doüairiere & Regente de Heffe, auec le

Roy. Pour à quoy paruenir, le Duc faifant vn Traicté de
trois mois feulement, ne fit point difficulté de faire payer
promptement cinquante mille Rifdalles, pour le fubfide
defdits trois mois, enuoyant fa procuration en Holande
pour trouuer cette fomme-là, fur fon credit, & celuy du
fieur de Choify Intendāt de Iuftice dās l'armée. Ce pro-
cedé du Duc, la franchife et la generofité remarquée en fes
actions, firent refoudre les Ducs de Brunzvich, & de Lune-
bourg de luy enuoyer leurs Deputez, pour traicter des
moyens d'vne commune deffenfe. D'autant que Piccolo-
mini ayant ioint l'armée de l'Archiduc (celuy qui commande prefentement en Flandres) auoit pris de grands
auantages fur le Marefchal Banier, l'ayant obligé de quitter
la Boheme, & luy ayant deffait en fa retraicte huict ou
neuf Regimens de caualerie. Et le Marefchal preffoit avec
inftance tous ceux du party d'aller à fon fecours.

Le Duc de Longueville, qui n'auoit encor rien touché
pour payer les Alemans, à qui il eftoit deu deux Monftres
& vne demie, qui n'auoit ny munitions de guerre ny equipage de canon ou de viures, qui n'auoit pas feulement receu des lettres de France depuis le paffage du Rhein, qui
fur la fin de Feurier auoit eu vne maladie mortelle dans
Vuetter où eftoit fon quartier, auffi toft qu'il pût monter
à cheual, fut trouuer Madame la Landgraue, preffa les Alemans de fecourir le General Banier, furmonta toutes difficultez pour fe mettre en campagne, & fit en forte par fon
exemple, que Madame la Landgraue ayant ioint quatre mille
hommes de fes Troupes foubs la conduite du General

Melander, les Ducs de Brunzvich, fans auoir aucun Traicté
avec le Roy, enuoyerent pareil nombre d'hommes commandez par le General Clitzin. Ce qui reftablit fans doute
le party dans l'Empire. Le Duc auec ce fecours eftant allé
voir le Marefchal Banier à Erford, où il mena plus de feize
mille hommes de combat, dont la moitié, au moins, eftoit
de caualerie.

Le Duc & le Marefchal marcherent en fuitte droict aux
ennemis, chacun commandant fon Corps. L'armée de
France, auec les troupes de Brunzuich, & de Heffe, commandées par le Duc de Longueville, eut l'avant-garde le
premier iour, celle de Suede, l'eut le iour fuivant. Elle
eftoit forte de dix-huict mille hommes de combat ou enui-
ron, Caualerie, & Infanterie. En cet ordre, ils arriverent le
dix-huictiefme de May pres de Salfelt en Thuringe, où les
ennemis ne fortant point de leurs retranchemens, toutes les
forces de l'Empire fe virent en prefence les vnes des
autres, & prefque à la portée du Canon, pendant trois fepmaines. Ce temps paffé, le pain & le fourrage venant à
manquer, on marcha vers la Franconie. Mais les ennemis
s'y eftant auancez les premiers, & retranchez en lieux
auantageux, il falut retourner vers la Heffe.

Ce fut là, où pendant le mois de Iuillet, & partie d'Aouft,
toutes fortes de difficultez fe prefenterent au Duc de Longueville. Les Alemans vouloient toucher vne Monftre (qui
eftoit en fin arriuée) fans prefter le ferment de fidelité au
Roy. Ils fe vouloient obliger feulement au nom de la caufe
commune. Les Suedois, qui ne pouuoient diffimuler leur

defplaifir de uoir cette armée à la France, eftoient soup-
çonnez de fomenter cette diuifion. On craignoit d'ailleurs
que les Princes Alliez eftant peu fatisfaits du Marefchal
Banier, ne vinffent à abandonner le party, en eftant mefme
conuiez, par des conditions auantageufes que l'Empereur
leur faifoit offrir. Le Marefchal Banier menaçoit de quitter
ceux qui l'auoient fecouru, & tefmoignoit fe vouloir retirer
dans la Pomeranie ; Et ainfi toutes chofes fembloient aller
en confufion, lors que les Ennemis voulans profiter de ce
defordre, dont ils eftoient bien aduertis, s'auancerent dans
la Heffe auec toutes leurs forces. Ils y prirent Amenebourg,
& fe logerent à Fritzlar, à quatre heures de chemin de
Caffel, capitale de la Heffe, & la demeure des Landgraues.
Cela fit que les Ducs de Brunzuich, & Madame la Ladgraue
enuoierent leurs Deputez au Duc, le conjurant, de ne les
point quitter en cette occafion. Le Duc leur remonftra, qu'il
ne falloit prendre aucune refolution fans la communiquer
au General Banier, auec lequel, il les exhortoit de demeurer
en intelligence, & vnion de deffeins. Mais auffi, il les affeura
en mefme temps, que foit que le General Suedois demeu-
raft ioint, ou qu'il vouluft fe feparer, il ne les abandonne-
roit point. Banier voyant le Duc recherché par les Princes
d'Allemagne, trouua plus à propos de ne rompre pas la
jonction. Les troupes dans ce mefme temps prefterent le
ferment de fidelité au Roy, entre les mains du Duc de
Longueuille mefme, qui voulut bien feruir de Commiffaire
en cette action. Après cela, les Alliez remirent fus pied de
nouuelles forces, qui iointes à celles des deux Couronnes,

& faisant trente mille hommes toutes ensemble, on alla aux ennemis retranchez à Fritzlar. Le Duc et le Marefchal, fe logerent à Vvildungen, petite Ville, dans le Comté de Vvaldech, à vne heure de Fritzlar. Et de cette forte les deux Camps demeurerent retranchez, l'vn prés de l'autre, depuis la fin d'Aouft, iufqu'en Octobre, pendant lequel temps, le Duc retomba malade, et fut porté à Caffel.

Les Ennemis, ayant ramaffé & fait venir tout ce qu'ils auoient de troupes en Allemagne pour fe defgager, deflogerent les premiers, & marcherent vers le Brunzuich, cherchant à y eftablir leurs quartiers. Mais nos troupes s'eftant mifes deça le Vvezer, ils furent contraints de retourner en Vveftphalie, ayant beaucoup diminué leur armée, par cette pénible marche, & par les incommoditez du campement de Fritzlar.

Le Duc de Longueville eftant au lict malade à Caffel, eut encor le bon-heur de donner des ordres au Colonel Roze, qui furent fi bien exécutez par luy, qu'il deffit iufqu'à trois mil cheuaux des Ennemis, en quatre, ou cinq rencontres, qu'il eut auec leurs parties, en l'vne desquelles fut tué le General Breda, qui auoit reputation d'eftre le meilleur Chef de Cavalerie qu'euffent les Imperiaux. Et aux autres le Comte Gall, & grand nombre d'Officiers, & perfonnes de marque, furent faits prifonniers. Roze ayant outre cela conduit vne Monftre, de Franchfort, à l'armée, & enuoyé à fon General, huict eftendards, & vn drapeau pris fur les Ennemis.

Le feruice, que le Duc rendit au Roy pendant ces deux

campagnes, ne fe peut affez eftimer. Ceux qui ont veu l'Alemagne, iugent, que fi ce grand Corps eftoit regy par vn Monarque, qui y fuft abfolu, il pourroit faire des armées, auffi puiffantes que celles du Grand Seigneur, & peut eftre donner la loy au refte de l'Europe. Mais la quantité de Princes, qui partagent entr'eux ce vafte païs, en diminuë fort la puiffance, eftant mal-aifé, que tant de teftes confpirent à vn mefme deffein. Si cette nation n'a de quoy entretenir chez foy fon humeur belliqueufe, elle va facilement chercher de l'exercice au dehors. Et fi l'Efpagne n'euft efté affiftée par les Alemans, elle n'auroit pas fait tant de maux, au refte de la Chreftienté. Pour ces confiderations, le Cardinal de Richelieu eftima, que dans la continuation de la guerre entre la France & l'Efpagne, rien n'eftoit plus vtile, que d'occuper les Alemans chez eux, diuertiffant par ce moyen les fecours que l'Efpagne en pouuoit tirer. Ce fut dans ce deffin, que l'Alliance fut contractée avec les Suedois ; Et dans la mefme penfée, le feu Roy entretint toufiours vne armée fur les frontieres d'Alemagne, pour donner vigueur à celle de nos Alliez, qui euffent efté contraints d'abandonner leurs conqueftes, fans les prompts fecours qu'ils ont receu de la France à diverfes fois. Les chofes eftoient à peu pres réduites en cet eftat, lorsque le Duc de Longueville entreprit de paffer le Rhein, par vne espece de temerité, qui dans les chofes extremes, eft vne veritable prudence. Il n'auoit pas en tout trois mille hommes de feruice, quand il s'y refolut. La paix de Prague eftoit caufe, qu'il ne reftoit aucun Prince en Alemagne, fur qui

l'on pûft fonder quelque reſſource. Eſtant paſſé, il fortifia
ſes Troupes dans le pays d'un Prince, qui ſoubs vne apparente neutralité, conſeruoit un cœur ennemy des Couronnes confederées ; & ayant redonné force au party, il ioignit
en peu de temps les Ducs de Brunzvich & Landgraue de
Heſſe, aux deſſeins de la France. Ce ne fut pas vn petit
effet de voir trente cinq mille hommes de combat, contre
les forces de l'Empereur, & de le reduire à la deffenſiue.
Auſſi le ſuccés que les armes du Roy eurent cette année là,
fit bien connoiſtre, quelle auoit eſté l'vtilité d'vne ſi genereuſe entrepriſe. Le Roy fit deux ſieges de tres-grande importance en vn meſme temps, & eut la gloire d'emporter
Thurin en Italie, & Arras dans le Pays-Bas, pendant que les
principales forces, qui auoient accouſtumé de donner
ſecours aux Eſpagnols, eſtoient retenuës en Alemagne, où
le Roy n'auoit pas douze cents François en tout, tant de
Caualerie que d'Infanterie. On a veu ſouuent le Duc de
Longueville ſouhaitter vn combat general ; Et ſa raiſon
eſtoit, qu'obtenant la victoire, il affoibliſſoit pour iamais la
maiſon d'Autriche, & quand il fuſt arriué vn ſuccés contraire, qu'il ne hazardoit pour le Roy qu'vne poignée de ſes
ſubiets. Et à n'en point mentir, le Roy reconnut ce ſignalé
ſeruice, & donna au Duc de Longueville, la plus agreable
recompenſe, que puiſſe receuoir vn cœur comme le ſien,
qui eſt la loüange & l'eſtime que meritoit vne action ſi
glorieuſe. Ie diray encore ce mot, dont il reſte beaucoup de
teſmoins ; que le feu Prince d'Orange ne ſe pouuoit laſſer
de parler de ce paſſage du Rhein, diſant, que c'eſtoit le

coup le plus hardy, le plus heureux, & auquel il paroiſſoit plus de iugement, & de conduite, qu'en aucun autre, qui ſe fuſt veu de noſtre temps.

Que ſi l'on deſire ſçauoir les moyens que ce Prince a tenus, pour ſubſiſter parmy tant d'Eſtrangers, auec ſi peu de forces; ſes ſoins, ſa vigilance, ſa liberalité, ſa douceur, & ſa facilité dans le commandement, luy ont donné ces bons ſuccès. On a veu cinq ou ſix Princes Alemans à ſa ſuitte, qu'il defraioit tous à ſes deſpens; il faiſoit ſouuent des dons aux Officiers, & aux ſimples ſoldats, quand ils auoient fait quelque bonne action. Il eſt à remarquer, que lors qu'il fut fait General de l'armée, qu'on appelloit Vima-rienne, les Alemans accouſtumez à eſtre commandez auec aſſez de rigueur, auoient peine à comprendre, la douceur, la ciuilité, & les façons de faire courtoiſes et obligeantes du Duc de Longueville. Mais quand ils eurent veu ce petit corps paſſer les iournées entieres à cheual parmy eux, ne craindre ny pluye, ny neige, eſtre le premier à la marche, & le dernier à ſe retirer au quartier; Quand ils eurent connu ſa bonté, & eſprouué ſa liberalité, il n'y a rien qu'ils n'euſ-ſent entrepris, & exécuté ſoubs ſon commandemĕt. Ce qui eſt tellement vray, que lors que l'on fut ioindre l'armée de Banier, pluſieurs auoient crainte, non ſans beaucoup de raiſon, que nos troupes, qui auoient eſté leuées par le feu Roy de Suede, ne quittaſſent le ſeruice de la France, pour ſuivre les Suedois. Mais il reuſſit tout le contraire, car les Officiers principaux, ayant fait comparaiſon du commande-ment François, auec celuy du General Banier, (vaillant

homme à la verité, & actif dans les occasions de la guerre,
mais d'vne humeur vn peu rude & altiere) redoublerent
leur affection enuers le Duc de Longueville, qui eust pû
tirer à soy vne bonne partie de l'armée de Suede, s'il l'eust
voulu. A quoi i'adiousteray, ce qui ne se pratique plus,
qu'ayant esté dix mois sans receuoir aucun argent de France,
il despensa quatre cents mille escus, tirez de sa souueraineté
de Neuchastel ; Ce qu'il faisoit auec ioye d'auoir occasion
de seruir vtilement son Roy & sa patrie.

La recheute dans vne grande maladie, ayant obligé ce
Prince, de reuenir en France ; il mit vn si bon ordre parmy
les troupes Alemandes, leur donnant esperance de son
retour, & laissant son equipage parmy eux, que la Bataille
de Kempen, où le braue Guebriant acquit tant d'honneur,
& le baston de Marefchal de France, en fut vne heureuse
suite. Il arriua chez luy bien auant dans l'année 1641.

L'année suiuante, le Duc de Bouillon General de l'armée
du Roy en Italie, ayant esté arresté dans Casal, le Duc de 1642.
Longueville fut envoyé pour y commander. Il passa les
Monts au mois d'Aoust, & marchant aussi-tost aux ennemis, dans le temps qu'vn autre eust employé à prendre le
frais, à cause des excessives chaleurs, il fit le siege de Nice
de la Paille, qu'il emporta en dix iours. De là, s'estant
acheminé pour ioindre le Prince Thomas, qui auoit pris
Cressantin en mesme temps, les pluyes suruenuës, leur
firent perdre l'occasion d'entreprendre sur Nouare. L'armée
demeura cinq ou six iours dans Azigliano, prés Verceil,
pour faire Monstre. D'où, afin de ne perdre pas le peu de

temps qui reſtoit propre à tenir la campagne, l'on marcha vers le Milanois, avec deſſein de ſurprendre Tortone, ville ſituée entre Genes, & Milan, ſiege d'Eueſché, & dans vn pays gras & fertile, capable de donner quartier d'hyuer aux troupes, & facilité à la conqueſte entiere du Milanois. Cette ville fut priſe d'abord. Mais la Citadelle qui la commande, & qui eſt en lieu eminent, ſe trouua beaucoup plus forte, que ne diſoient ceux qui auoient propoſé l'entrepriſe. Outre que huiĉt cents ſoldats ſortis d'Alexandrie, qui en eſt voiſine, s'eſtoient iettez dedans, qui faiſoient auec la garniſon ordinaire, enſemble quelque milice, & les païſans refugiez, quinze cents hommes, tant ſoldats, que Bandiz, ou païſans. L'Eſpagne ne craint rien tant que de perdre ce beau Duché de Milan. Le Comte de Sirüella, qui en eſtoit pour lors Gouuerneur, fait vn effort pour ſecourir Tortone. Il tire les Garniſons de toutes les places du Piedmont, il en compoſe vne armée plus forte en nombre d'hommes que celle des aſſiegeans. Il s'auance ſur la fin d'Oĉtobre pour ietter du ſecours dans la place. Mais trouuant vn grand ordre par tout, deux Princes vigilans, & le comte du Pleſſis Pralin, depuis Mareſchal de France, bien reſolus à le rece-uoir, il n'oſe tenter le combat. Il ſe retire dans les villes voiſines, à deſſein de coupper chemin à nos viures, & de nous faire perir de neceſſité. Elle fut grande, ſans doute, & ſans la conſtance du Duc, qui l'opiniaſtra contre tout le monde, l'on ſe fut retiré, veu meſme la bonne nouuelle qui fut apportée au Camp, de la priſe de Verrüe, qui eſtant degarnie d'hommes pour ſa deffenſe, fut emportée par les troupes du jeune Duc. Ce ſucces ſembloit eſtre vn assez grand effet du ſiege de Tortone, mais encore que l'on n'euſt pas fait prouiſion des choſes neceſſaires à vn si long ſiege, la perſeuerance en rendit l'iſſuë heureuſe, & la place fut renduë ſur la fin du mois de nouembre.

Tout le pays autour de Tortone, eſtoit ruiné, ou ennemy. Il ne reſtoit pas dans la ville dequoy nourrir huiĉt iours durant, la garniſon qu'il faloit laiſſer. Le ſieur de Florinville entreprend de la deffendre, ſur la promeſſe du Duc de luy faire amener des viures, & des munitions. Il falut vne peine incroyable pour munir cette place. Le ſieur le Tellier lors Intendant de Iuſtice, y ſervit bien, & par ſa diligence, & ſa ſage conduite, il merita l'honneur, & les grands emplois, où il a depuis eſté eſleué. A la venuë du Comte de Sirüella, on conduiſit un conuoy dans Tortone, capable de nourrir la garniſon pendant quatre mois : l'Eſpagnol qui ne vouloit pas nous laiſſer prendre pied dans le Milanois, preferant cette conqueſte, à toute autre conſideration, y conſomma tellement ſes forces pendant l'hyuer, qu'en la campagne ſuiuante, il perdit ce qui luy eſtoit de places dans le Piedmont, qu'il ne put ſecourir, pour auoir ruiné toutes ſes troupes à reprendre Tortone.

C'eſt en ſomme ce que le Duc de Longueville a fait dans les employs de la guerre, que i'ay rapporté icy, ſelon l'occaſion que m'en a donné l'Apologiſte. Lequel pour n'auoir pas eſté informé de ces choſes, qui ne ſont peut être pas de ſa profeſſion, meriteroit d'eſtre excuſé, s'il ne s'eſtoit point emporté hors de ſon ſubjet, & s'il n'auoit offenſé perſonne.

Enfin ce Prince a eu le bon-heur que les Armes du Roy ont touſiours proſperé ſoubs ſa conduitte, qu'il n'a jamais fait aucune perte, eſtant venu à bout de toutes ſes entrepriſes, qui ont eſté plus grandes, que l'on ne deuoit raiſonnablement attendre des forces qu'il a commandées.

Les années ſuiuantes ont eſté remarquables par ces grandes actions de Rocroy, de Grauelines, de Courtray, & tant d'autres, qui ont renouuellé l'ancienne gloire des François, ayant fait voir à tout le monde, que le ſang d'Henry le Grand, inſpire la vertu, et la rend comme naturelle, à ſa poſterité.

1645.

Venons maintenant à la Paix Generalle, dont on a eu de ſi belles eſpérances, auec ſi peu d'effet. L'on traictoit à Hambourg des conditions de l'Aſſemblée qui ſe deuoit tenir. Munſter fut choiſi pour cela, & agreé de tous, & le Duc de Longueville deſtiné par le feu Roy, pour agir dans cet employ. Ie ne deſcriray point icy la magnificence, dont ce Prince vſa en cette occaſion. Comme il eſt honteux de perdre ſon bien dans des profuſions inutiles, auſſi eſt-il honneſte de n'auoir aucun eſgard au meſnage, où il s'agiſt d'vn acte ſi public, où tant d'eſtrangers ſe retrouuent, & par l'eſclat de ce qui paroiſt au dehors, comparent les nations entre-elles ; De ſorte qu'il y va du ſeruice du Roy, & en quelque façon de la dignité de l'Eſtat, de ſe faire voir auec ſplendeur en de telles rencontres. Ceux qui ont aſſiſté à l'entrée du duc de Longueville dans Munſter, demeurent d'accord, qu'en choſes ſemblables, il ne s'eſt rien veu de ſi pompeux de noſtre temps, Auſſi le comte de Peñeranda

Priuatam luxuriam oderunt, publicam magnificentiam diligunt.

Quæritur in re domeſtica continentiæ laus, in publica, dignitatis.

qui arriua au mefme lieu huiĉt iours apres, fe feruit de la nuiĉt, pour cacher la difproportion & l'inegalité du Miniftre d'Efpagne, auec celuy de la France.

Le bruit a efté en divers lieux, que la qualité d'Alteffe, que le Duc de Longueville pretendoit, auoit caufé quelque difficulté à ce commencement. Ie veux inftruire fur cela, ceux qui n'en fçauent pas la verité. Quand ce Prince paffa en Alemagne, pour y commander l'armée, en la place du feu Duc de Veymar, il trouua les Colonels accouftumez à traiĉter leur General d'Alteffe, fans ce tiltre, vn Prince François, n'eut pas efté assez refpeĉté, parmy les gens de guerre, fur tout de cette nation, qui s'arrefte fort aux quali-tez. Ce fut la raifon qui fit prendre au Duc de Longueville, celle d'Alteffe, peu ordinaire en France. Les Generaux de Suede, & tous les Princes Alemans, qui eurent en ce temps là, quelque chofe à traiĉter auec luy, luy donnerent ce tiltre fans aucune difficulté : Il n'y auoit pas raifon de le quitter à Munfter, ayant à negotier auec tant d'eftrangers, & auec des Princes, qui le prennent, & qui n'ont pas en domaine, la moitié de ce que celuy-cy poffede en Souuerai-neté, dans le Comté de Neuchaftel. Pour ces raifons le Roy efcriuit à Meffieurs d'Auaux, & de Seruient, & à tous fes Ambaffadeurs, & Refidents, de luy donner de l'Alteffe. Auffi n'y eut-il que les feuls Efpagnols qui fiffent difficulté sur cela. Tous les Princes d'Alemagne, & d'Italie, les Eleĉteurs de l'Empire, qui dans leurs Dietes veulent égaler la Maiefté des Roys, la Royne de Suede, & fes Miniftres, les Roys de Pologne, & de Dannemarch, le traiĉterent, fans

hefiter, auec cette dignité : l'Empereur mefme voulut par
ordre exprés, que le Docteur Vvolmar, qui felon la
Couftume d'Alemagne, portoit la parole des Imperiaux,
dans les conferences, & les actes publics, n'vfaft point
d'autre tiltre enuers ledit Duc, que de celuy d'Alteffe, il n'y
eut que le fourcil Efpagnol qui ne s'y voulut point accommoder. Car quant aux mediateurs, c'eft à dire, aux
Miniftres du Pape, & de Venife, ils ont declaré fouvent,
que fans l'Efpagne, ils n'en euffent fait aucune difficulté, &
que rien ne les en empefchoit, que l'office, & le deuoir de
la mediation, de crainte qu'vne chofe de fi peu d'importance, ne mit le caprice des Efpagnols en humeur de rompre, fur vn fondement fi leger. Auffi le Duc de Longueville, auant que d'entrer dans Munfter, fit dire à tous les
Miniftres des Princes, que cela ne deuoit retarder les affaires
en aucune façon, d'autant qu'il eftoit preft de traitter auec
tout le monde, fans qu'on luy donnaft aucun tiltre, &
parlant, fi l'on vouloit comme en tierce perfonne. Cette
digreffion a efté comme necessaire, pour defabufer ceux
qui auoient efté autrement informez.

Mais paffons à ce qui eft plus important. Les Efpagnols
trauaillerent dés le commencement, à la feule fin qu'ils fe
font toufiours propofée à cette grande negociation, qui
eftoit de defvnir nos Alliez, & de nous mettre en mauuais
mefnage auec eux. Ils prefferent les Plenipotentiaires de
France d'entrer en Traicté. Ils offroient ou la Trefue, ou la
Paix, Trefue courte, Trefue longue, ils nous mettoient au
choix de tous les partis. La France refpondoit, qu'elle

auoit alliance auec Meſſieurs les Eſtats, qu'elle ne vouloit rien faire ſans eux, & qu'il falloit attendre leurs Ambaſſadeurs, qui n'eſtoient pas encore dans l'Aſſemblée. Six mois s'eſcoulerent, depuis que le Duc de Longueville fut à Munſter, & Meſſieurs d'Anaux & de Seruient, y auroient eſté dés-ja prés de deux ans, quand les Ambaſſadeurs des Prouinces Vnies y arriuerent. Le Comte de Peñeranda tourne auſſi-toſt toutes ſes penſées à les flatter par des baſſeſſes inoüies. Il leur donne le Tiltre d'Excellence, les Traiɗe comme Ambaſſadeurs d'vne ancienne Republique, leur rend la premiere viſite, leur donne la droite, & le pas chez luy & quitte en vn moment cette ſouueraineté debatuë par vne guerre, quaſi continuelle, depuis quatre-vingts ans & plus. Pour coupper court, en fort peu de temps, les voila bien auancez dans leur Traiɗé. La France repreſente à ſes amis, leur obligation mutuelle, qu'vn des Alliez ne doit pas auancer vn pas deuant l'autre, & que quand il ſera prié de ſurſoir, il doit en meſme temps differer toutes choſes, iuſqu'à ce que l'autre ait mis ſes affaires au meſme poinɗ que ſon confoederé. Il ſeroit ennuieux de rapporter les choſes par le menu. Les Eſpagnols accordent à Meſſieurs les Eſtats ſoixante ou quatre-vingts articles, qui leur auoient eſté preſentez pour faire la Trefve, & rien n'empeſchoit qu'elle ne fut concluë entre-eux, que la honte de manquer ſi ouvertement à l'alliance contraɗée auec la France.

Les Miniſtres d'Eſpagne, voyans qu'il y auroit peine à porter Meſſieurs les Eſtats à faire ce manquement, s'aduiſent, de les rendre comme Mediateurs du Traiɗé, au lieu

de parties qu'ils deuoient eftre auec nous. Quatre des Des-
putez des Prouinces vnies, viennent trouuer exprès les Plenipotentiaires de France, eftans pour lors à Ofnabrug. Ils
portent parole que les Efpagnols font prefts d'accorder toute
les Conqueftes, vne Trefve pour regler les differends de la
Catalogne, la confirmation du Traiĉté de Querafque, vn
accommodement pour Cafal. Qu'ils ne reuocquent pas en
doute, qu'on ne puiffe ayder le Roy de Portugal, pourueu
qu'il n'en foit point fait de mention au Traiĉté, l'Efpagne
ne voulant ny Paix, ny Trefve, auec luy. Pour la Lorraine,
qu'ils ne s'en peuuent explicquer tant que la guerre durera,
le Duc Charles eftant actuellement dans leur feruice ; Mais
ils depofent, comme vn fecret, dans l'efprit de leurs nouueaux amis, que cet intereft là, n'empefchera pas la reunion
des deux Couronnes. En vn mot, ils accordent tout, pour
dénier tout, & pour ne rien executer. Dans Ofnabrug
mefme, l'on fait vn projeĉt des poinĉts principaux dont le
traiĉté deuoit eftre compofé, ils y refpondent, ils en accordent la plus grande partie, ils debattent fur l'autre, & jeĉtent
artificieufement les femences de nouuelles contestations, ne
fe declarant jamais nettement fur les poinĉts effentiels, &
capables de rompre le Traiĉté. Toute cette apparente negociation fe faifoit par les Efpagnols , pour donner lieu à
Meffieurs les Eftats d'acheuer, & de donner la forme & la
perfeĉtion à ce qui eftoit arrefté entre eux. Quels foins, &
quels trauaux, le Duc de Longueville ne s'eft-il point donné
pour faire voir aux Ambaffadeurs de Meffieurs les Eftats,
que toutes les foubmiffions des Miniftres d'Efpagne, ne

tendoient qu'à nous defvnir ? Mais l'artifice (quelques-vns
ont dit l'or d'Efpagne, ce que ie ne crois pas) preualut fur
toutes nos remonftrances. Ils fignent les articles, auec declaration neantmoins, que le tout feroit nul, & de nul effect,
fi la France n'eftoit d'accord auec l'Efpagne. Ce que l'on fit
adjoufter au bas de leur efcrit auec beaucoup de peine.

Les articles fignez, la plufpart desdits Ambaffadeurs re-
tournerent en leurs Prouinces, pour y faire agréer ce qu'ils
auoient faict. Ce fut alors que la ruze Efpagnole déploya
toutes fes jnuentions pour perfuader dans les pays bas, que
la France ne vouloit point de Paix. Ils accordoient, à
leur dire, toutes les Conqueftes ; quand on les preffoit d'en
rediger l'article par efcrit, tantoft ils attendoient des ordres
de Madril, tantoft ils eftoient obligez d'en conferer auec
Caftel Rodrigue, & depuis auec l'Archiduc, d'autrefois ils
difoient que cela eftoit accordé, & qu'il n'eftoit pas nécef-
faire de le coucher par efcrit, que tout ne fut conclu.
C'eftoit vn Prothée qui changeoit de mille formes, & qui
vous efchapoit des mains, quand vous le penfiez tenir.
Ils enuoierent à la Haye vn appelé *Philippe Roy*, qui fit
courre vn grand volume, des chofes accordées à l'auantage
de la France. Quand on leur difoit, qu'ils refufoient de faire
à Munfter, ce qu'ils publioient à la Haye, ils le defad-
uoüoient. Quand ils perdoient l'efperance de porter Meffieurs les Eftats à traicter auec eux en particulier, ils
femoient vn bruit parmy les peuples, qu'il ne tenoit qu'à
eux d'eftre d'accord auec la France, qu'ils donneroient leur
Infante au Roy en mariage, que fa Maiefté ayant les droicts

de l'Efpagne fur les Prouinces vnies, feroit en peu de temps, par la priximité de fes forces, ce que l'Efpagne n'auoit pu faire en vn fiecle entier. En fomme tout ce que l'efprit de la plus ruzée nation de l'Europe pouuoit inuëter pour abufer les peuples fe debitoit à Munfter, à la Haye, en Amfterdam, & par toutes les bonnes villes des Prouinces vnies. Sur tout, les Emiffaires d'Efpagne s'adreffoient aux Miniftres, & aux plus zelez, ou plus fedicieux de la Religion Pretenduë Reformée, leur faifant apprehender le peril où ils feroient, fi la puiffance des deux Couronnes eftant vnie en la perfonne du Roy, fa Majefté venoit à entreprendre leur ruine.

On ne laiffa pas cependant d'auancer les affaires de l'Empire. Ce Comte de Trautmanfdorff, Grand Maiftre, & principal Miniftre de l'Empereur, vint à l'Affemblée, vn peu après les Ambaffadeurs de Meffieurs les Eftats. Les complimens faits, il va à Ofnabrug, laiffant les Plenipotentiaires de France, & les Princes Catholiques de l'Empire, inutiles à Munfter. Il effaie de faire auec les Miniftres de Suede, ce que l'Efpagne auoit fait auec les Holandois. Il leur abandonne la Pomeranie, fans fe foucier beaucoup des interefts de l'Electeur de Brandebourg, il proftituë les Euefchez d'Alemague aux Lutheriens, & leur fait efperer toutes chofes, pourueu qu'ils manquent à l'alliance des François. Si iamais il y a eu negociation trauerfée, & fi iamais Ambaffadeurs ont efté dans vne conionĉture peu fauorable pour faire reüffir le deffein de leur Maiftre, font efté les Plenipotentiaires de France. S'ils n'euffent eu à fe deffendre que des

Efpagnols, ils connoiffoient affez leurs artifices. Mais la peine eftoit bien auffi grande enuers les Alliez, qui regardoient auec ialoufie les prosperitez de la France, & que la diuerfité de Religion rendoit capables de foupçons contre-elle. Les Suedois neantmoins, à qui noftre Alliance eft fi vtile, fe maintinrent dans les termes du Traiété, par la prudence, & la force d'efprit de leur Royne, la merueille de nos iours. Ce qui obligea Trautmanfdorff de reuenir à Munfter. Ce Gentilhomme, à dire verité, auoit agy iufques-là, pluftoft par le mouuement & l'impulfion d'Efpagne, que par fon propre fentiment. Et l'on ne peut pas dire, que dans le refte de fa conduite, il n'ait tefmoigné d'eftre homme d'honneur, bon Aleman, & vray ferviteur de fon Maiftre. Auffi eftoit-il peu agreable aux Efpagnols, qui ne ceffcrent point qu'ils ne l'euffent tiré de l'Affemblée. Il connut donc, qu'il feroit malaifé de calmer les troubles de l'Empire, fans donner contentement aux François ; Et l'Empire en toute maniere, vouloit auoir la paix. Ce qui fit, qu'eftant entré en Traiété auec nous, dés le 13. Septembre 1646. l'on conclud tout ce qui concernoit l'intereft de la France auec l'Empereur, à la referue de deux poinéts, dont l'eftat des chofes prefentes ne permettoit pas que l'on puft conuenir alors, & qui furent remis à la fin du Traiété. C'eftoit l'affaire de la Lorraine, que la France déclaroit ne pouuoir mettre en Traiété, & la faculté que l'Empereur fe vouloit referuer d'affifter le Roy d'Efpagne, s'il demeuroit en guerre auec nous. Lequel Accord, fut encore renouuellé et confirmé, au mois de Nouembre de l'année fuiuante. L'vn &

l'autre auec rapport aux affaires de la Suede, & auec condition expresse & mise en teste des articles signez, que rien ne
s'entendoit estre fait ny conclu, que la Couronne de Suede
ne fut pleinement satisfaicte. Par ce Traicté, les deux Alsaces
& le Suntgauu demeurerent au Roy, auec tous les mesmes
droicts que la maison d'Austriche y auoit, & dont elle faisoit
cession. Et par ce moyen Brizach, à la conqueste duquel le
Duc de Longueville auoit desja tant contribué, demeure à
perpetuité à la France, ensemble les Euefchez de Metz,
Thoul, & Verdun, & ce qui en depend, & encore la protection de Philispbourg.

Mais le Traicté avec l'Espagne ne prenoit pas vn si bon
chemin. Messieurs les Estats resolurent de changer les articles qui auoient esté accordez pour la Trefve, en articles de
Paix durable & permanente. Pendant l'absence de leurs
Ambassadeurs, dont il n'estoit resté qu'vn ou deux à Munster,
Monsieur de Seruient fut enuoyé à la Haye, pour s'opposer
au dessein des Espagnols, & pour traicter auec les Estats,
de la commune garantie, de ce qui seroit arresté pour les
vns, & les autres, dans le Traicté general. Monsieur
d'Avaux au mesme temps, fut presque tousjours à Osna-
brug, faisant comme Office de Mediateur, entre l'Empereur,
les Princes et Estats de l'Empire, & les Ministres de la
Suede. Le Duc de Longueville demeuré seul à Munster,
auance cependant le Traicté. L'on auoit faict vn project,
dans lequel il y auoit soixante articles (qui se voyent imprimez à Paris, quoy que defectueux en quelques endroicts.)
Les Ministres d'Espagne differoient d'en prendre la com-

munication, publians que la France faifoit, tous les jours
de nouuelles demandes, et que quand on auroit accordé
celles qui auoient efté faiêtes iufque-là, on n'auroit pas la
Paix. Le Duc pour fermer la bouche aux Efpagnols, donne
les articles du Traiêté. Iamais l'artifice de Peñeranda ne fut
plus empefché, le mafque eftoit leué, il ne pouuoit plus
dire que l'on euft de nouuelles pretentions. Il forme debat
fur le faiêt du Portugal, on conuient d'vn article qui donne
faculté aux deux Roys d'affifter leurs Alliez, quand ils
feront attaquez, fans que cette affiftance puiffe eftre prife
pour jnfraêtion. L'on fe contente d'auoir vne declaration
des Mediateurs, & des Ambaffadeurs de Meffieurs les
Eftats, pour faire voir que le Portugal s'entendoit eftre
compris dans cet article. La chofe fut trouuée fi équitable,
que Peñeranda contraint d'y donner les mains, confentit
que cette declaration fuft donnée, remettant neantmoins de
conuenir des termes, aufquels elle feroit couchée par efcrit.
On paffe aux autres articles. L'Espagnol auoit dit fouuent,
que le feul intereft du Portugal arreftoit les affaires, & que
ce poinêt là eftant terminé, il refteroit peu de difficulté aux
autres. Ce qu'il difoit, parce que les Holandois eftoient peu
fauorables aux Portugais, eftans prefts d'entrer en guerre
auec eux. Pour ne donner donc pas à connoiftre à Meffieurs
les Eftats fa derniere jntention, qui eftoit de rompre auec
nous, il paffe outre, & conuient de quarante-trois articles,
qui furent signez par les Seeretaires des deux Ambaffades,
& depofez entre les mains des Mediateurs, auec déclaration,
qu'ils auroient le mefme effeêt que s'ils eftoient signez des

Plenipotentiaires. L'on trauaille encore fur vne douzaine
d'articles, dont on eftoit d'accord en effet, quoy que le
feing n'y ait pas efté mis, comme aux autres. L'Affemblée
eftoit en ioye de voir les chofes s'acheminer fi heureufement; Mais le vent du Couchant troubla bien-toft apres le
calme & la ferenité d'vn fi beau jour. Peñeranda preffe
Meffieurs les Eftats d'acheuer leur Traicté particulier,
puifque celuy de la France eftoit comme refolu. On repre-
fente à ceux-cy, qu'il n'y a rien de fait à l'efgard de la
France, que les articles accordez font de peu d'importance,
la plufpart fur des poincts reciproques, & ordinaires en tous
les Traictez; Que la premiere chofe que les Efpagnols
auoient confentie de paroles, n'eftoit point encore arreftée,
qui eftoit que chacun demeureroit en la poffeffion de ce
dont il fe trouueroit faifi lors de la conclufion du Traicté;
Que iamais il n'auoient voulu refpondre à l'article qu'on
leur auoit mis en main fur ce fait-là; Que toute leur procedure n'eftoit qu'illufion, & la fuite du premier et vnique
deffein des Efpagnols, de nous broüiller enfemble. Mais
par le malheur de la Chreftienté, par vne fatalité, dont on
ne peut bonnement rendre raifon, par vn iufte chaftiment
de Dieu irrité contre nos fautes; Les Deputez des Prouinces vnies fe laifferent enfin perfuader aux Efpagnols, qui
depuis n'ont point voulu de paix auec la France. Ie diray
icy feulement vn des moyens que les Miniftres d'Efpagne
tinrent pour obliger Meffieurs les Eftats à faire ce manquement. Ces grands deffenfeurs de la Religion Catholique les
Caftillans, abandonnerent aux Eftats tout droict fpirituel, &

temporel, dans la Mairie de Bofleduc. Au moyen dequoy, cent mille ames tres-Catholiques perdirent en vn moment l'exercice de leur Religion, & fe virent expofées à la discretion de ceux de la pretenduë reformée. Dieu par fes fecrets iugemens, a permis, pour le bien fans doute de tant de fainctes ames, qu'elles tombaffent dans ce peril. Nous ne fauons pas les auantages que fa toute-puiffance en veut tirer pour fa gloire, & pour leur falut, mais ceux qui ont commis cette lafcheté, n'en font pas moins coupables. Les Plenipotentiaires d'Efpagne, qui pour auancer leurs deffeins, fe foucient peu quelquefois d'efpargner la verité, firent entendre au Sainct Pere, qu'ils auoient fauué cet article là, & qu'ils s'eftoient defendus iufqu'au dernier poinct, contre l'inftance qui leur en auoit efté faite; fur quoi fa Saincteté efcriuit au fieur Fabio Chigy fon Nonce, qu'il donnaft fa benediction à ceux qui auoient eu cette fermeté fi loüable. Mais le bon Nonce, vray homme d'honneur, & d'vne probité fans reproche, dit hautement, que la benediction du fainct Pere feroit referuée pour vn autre fujet, & qu'il voyoit bien que fa Sainceté, & prefque toute la Chreftienté affemblée à Munfter, boiroit ce calice iufqu'au fond, & en gouteroit l'amertume.

C'eft ainfi que les Efpagnols preferent leur intereft à celuy de Dieu. Et c'eft ainfi que Meffieurs les Eftats, ayans plus obtenu dans ce Traicté qu'ils n'auoient efperé, eurët peu d'égard enuers leurs Alliez. Il eft bien vray, que leurs Ambaffadeurs eftans fur le poinct de figner (en quoy ils auoient le Deputé d'Vtrech contraire, & refufant de figner auec fes Collegues) quelques-vns d'entr'eux propoferent certains moyens pour terminer toutes chofes à l'heure mefme, ou pour remettre ce qui feroit indecis à l'arbitrage de Meffieurs les Eftats. Mais quand on leur demanda, s'ils eftoient aduoüez des Efpagnols, ils demeurerent court ; Et Peñeranda ayant fceu leurs propofitions, ne manqua pas à faire de nouuelles difficultez tant fur la Lorraine, que fur les Conqueftes, & autres poinᶜts principaux, iurant et protestant qu'il n'auoit pas ordre de fon Maiftre de conclure autrement. Et cependant il preffoit les Plenipotentiaires des Prouinces vnies d'acheuer leur Traiᶜté, ce qu'ils firent.

1648. Le Duc de Longueville voyant clairement la mauuaife volonté des Efpagnols, crût qu'il y alloit de l'honneur et de la reputation de la France, s'il faifoit vn plus long fejour à Munfter. Il demanda & obtint fon congé, apres y auoir patienté trois ans entiers. Auant que de partir, il dit aux Ambaffadeurs de Meffieurs les Eftats qui le prioient de demeurer encore, qu'il feroit preft de retourner en pofte, & de fe rendre à Munfter, toutes les fois que fa prefence y feroit neceffaire, & qu'il y auroit apparence de conclurre ; Et de fait il y laiffa fon train, qui demeura trois mois apres luy. Il partit de l'Affemblée, laiffant vn regret de foy à tout le monde, qui ne fe peut affez exprimer. Il n'y a Prince, dans la Chreftienté plus connu, & plus chery de tous les eftrangers, & de qui la probité, la douceur, la bonté, la prudence, & le iugement foient en vne plus haute eftime.

Non multi ab vno fic diligi videntur, vt hic ab vniuerfis.

Le deffein de ce Difcours n'a point efté d'entrer dans les affaires prefentes. Si l'innocence du Duc de Longueville

euſt eu beſoin d'eſtre iuſtifiée, on n'euſt pas attendu ſi long-
temps à luy rendre ce deuoir. Il eſt encore moins néceſſaire
auiourd'huy, que le Parlement a fait luy-meſme cet office
par ſes graues Remonſtrances, il y a lieu d'eſperer que les
vœux publics ſeront enfin exaucez ; Et que la Royne ſe
laiſſera vaincre à vne ſi douce violence, puiſque Dieu meſme
n'a rien de ſi agreable, que les Aſſemblées qui ſe font pour
le forcer à nous accorder ſes graces. Tout le Royaume de-
mande la liberté des Princes ; on attend de ſa Maieſté cet
acte de Iuſtice, ou de clemence. Et l'on ne peut s'imaginer
qu'elle ait perdu cette tendreſſe, cette naturelle bonté, qui
l'a faiĉt eſtre ſi longtemps, l'amour et les delices de la
France. Les priſonniers oublierons aiſement toutes les
choſes paſſées ; Ils ne ſe ſouuiendront pas d'auoir eſté malheureux, puiſque la miſere et le malheur ſont incompatibles
auec le vray courage. Ils employeront le leur contre les
ennemis de l'Eſtat, & ne reſpireront autre choſe que la Paix,
le repos, & la ſolide gloire, qu'ils ne peuuent acquérir qu'en
rendant au Roy le ſeruice auquel la naiſſance les oblige.

Coimus in cœtum vt ad Deû quaſi manu faĉta precationi- bus ambia- mus. Hæc vis Deo grata eſt.

RESPONCE

A VNE LETTRE ESCRITTE

DE ROVEN,

SVR VN LIBELLE INTITVLE,

APOLOGIE PARTICVLIERE
pour Monſieur le Duc de Longueuille, faite
par vn Gentil-homme Breton.

A . PARIS,

M , DC , LI ,

RESPONCE A VNE
Lettre escritte de Roüen sur
vn libelle intitulé,

Apologie particuliere pour Monsieur le ‘Duc de Longueuille,
faite par vn Gentil-homme Breton.

MONSIEVR,

I'ay veu la piéce que vous m'auez enuoyee, dont les motifs comme les manquemens font fi vifibles qu'il me femble bien fuperflu de vous en dire mes penfées ; neant-moins puis que vous le voulez & qu'il y va de la iuftification de vos amis que ie voy couuert de calomnies, ie vous fuis complaifant, & vous dis que le deffein de celui qui a fait ce grand Ouurage, n'eft pas tant de faire l'Apologie de Mon-fieur de Longueuille, qui n'en a pas en effet de befoin, fon innocenfe eftant notoire par l'accufation mefme de fes ennemis, que de faire le Panegyrique de ceux qui ont eu tant de foin de faire éclater leur nóm & leur maifon, à quoy

ie ne m'opoſerés nullement : mais ie voudrois que ce fut
par des moyens plus legitimes que ceux dont ils ſe ſeruent,
ou qu'en ſe ſeruant de ce pretexte, ils vſſent eſté mieux
informez des plus belles actions de ce Prince dãs les emplois
qu'il a eu pour la Guerre & la Paix, & qu'ils euſſent auſſi
eſté plus ſçauans dans les affaires de ſa famille, en quoy ils
ſont ſi ignorans qu'ils n'en ſcauent pas meſme ce qui n'eſt
inconnu à perſonne, qu'il a eu deux garçons de feu Madame
ſa femme, apres cela iugés s'il ſe croira fort obligé à ſes
habiles Apologiſtes, & s'il ſera ſatisfait qu'ils ayent entrepris
les premiers à faire l'Hiſtoire de ſa Maiſon & de ſes predeceſſeurs, en laquelle tout eſt ſi éclatant & ſi illuſtre, que de
tres grands eſprits n'ont oſé l'ẽtreprendre : mais nous auons
aſſez de cõnoiſſance de cette matiere pour n'en pas dire
dauantage, & venir au ſujet où ie voy que vous prenez vn
particulier intereſt, ie veux dire à ce grand ſoin que ces
Meſſieurs ont eu d'éleuer les vns & de blaſmer les autres,
c'eſt en effet vne eſtrange manie, que d'auoir traitté Monſieur le Marquis de Beuueron auec de ſi noires calomnies,
luy qui a touſiours eu des paſſions ſi fortes pour les intereſts
de Mõſieur de Longueuille, il en donna aſſez de preuue il y
à deux ans, en ſacrifiãt les ſiens propres & ceux de Monſieur
ſon fils pour ſon ſeruice, & ſi genereuſement qu'il n'en a
remporté aucun aduantage, que la ſatisfaction de ſeruir vne
perſonne qui luy eſt chere au point que nous ſçauons, & ie
ne peux aſſez m'eſtonner que ceux qui ſont les zelateurs de
cette Maiſon, prennent tant de peine à deſtruire vne perſonne qui luy eſt ſi fort affectiõné, & qu'ils n'ayent rien

obmis pour ce fuiet ; iufque là que Madame de Longueuille
s'acheminât au vieux Palais, la propofition de fe defaire de
luy fut faite, & reïteree en ce lieu apres fon ariuée, auec
affeurance de l'execution, laquelle veritablement n'eftoit pas
difficille. Il doit à la bonté de cette Princeffe, d'auoir reietté
ce deffein, lequel dés ce temps là ne luy fut pas inconnu,
& s'il n'eftoit retenu par le refpeÆ qu'il a pour elle, il la
fuppliroit de vouloir tefmoigner les offres qui luy furent
pour lors faites par tous ceux de fa Maifô, elle fcait ce que
Monfieur le Comte de Croify luy dit & comme Monfieur
le Marquis DeÆot la fupplia de trouuer bon qu'il l'accom-
pagnaft, ce qu'elle refufa pour des confideratiôs qu'elle luy
dit, ils ont auffi fuiet de croire qu'ils font honnorez de fes
bonnes graces, comme ils font affeurez de celles de Monfieur fon mari, auffi bien que de fon adueu pour tout leur
procédé, ie fcay bien que fi en cét article ie fuiuois vos fentimens, ie m'expliquerois auec moins de retenuë & plus de
vigueur; mais i'aime mieux voftre correÆion que l'exemple
de ceux que ie condamne, & puis leur iuftification eftant fi
claire, ie n'ay pas befoin de ces faux iours dont leurs ennemis fe feruent pour fe donner du luftre, ie veux dire de
toutes fes inueÆiues, ainfi ces Meffieurs pouuans auec
Iuftice, attêdre tout autre traitemêt qui fut conforme à la
fincerité de leurs affeÆions, ne reçoiuent de cette fauffe
piece que des calomnies pour les loüanges qu'ils meritent,
le deffein de ces autheurs n'eftant autre que de noircir les
plus fidels feruiteurs de ce Prince par des interefts que nous
fcauôs : ils ne font pas feuls traittez de cette forte en ayant

attaqué plufieurs autres : mais particulieremēt ceux qui ont
ferui le plus vtilemēt ce Prince, comme les fieurs de la
Croifette & Montigny, fur le fuiet defquels vous demeurerez
d'accord auec moy, que s'ils auoiēt donné lieu à vne accufation legitime, leur crime ne feroit pas mediocre, puis
qu'outre la nouriture qu'ils ont prife dans cette Maifon, ils
ont receu des biēs faits de leur Maiftre qui les obligent à
vne fidelité inuiolable, & c'eft auffi ce qui m'a donné des
foins tous extraordinaires pour m'éclaircir de tout leur pro-
cedé ; i'ay fceu que ce qui fe pouuoit attendre d'vn homme
de bien & d'honneur a efté fait par le fieur de Montigny,
pour la iuftification duquel il fuffiroit de dire, que Madame
de Longueuille eftoit dans Diepe, y donnant les ordres, &
lui executant fes commandemens, il l'aduertit à fon ariuee
de ce qu'elle pouuoit atendre des habitans de cette ville, il
lui a toufiours parlé cōme vn feruiteur paffionné à fon
feruice, il n'a point flatté le mal, n'ayant pas creu que ce
fut le moyē de le guerir, madite Dame, fçait l'enuie de ceux
qui eftoiēt aupres d'elle côtre lui, elle fcait encore en quel
eftat elle le laiffa, & qu'il ne remit la place qu'apres l'ordre
que lui apporta de fa part le fieur de Chamboy, qui auparauant fur vn ordre pareil auoit rēdu le Pont de Larche, &
qui lui dit qu'il alloit à Roüen de la part de madite Dame,
l'offrir au Roy, & Caën qui reftoit feul en la Prouince, le
fieur de Montigny a encore la lettre que le fieur de Chāboy
lui a efcrite de Roüen, par laquelle il lui māde auoir executé
fes ordres côformes à ce que ie vous efcrit, on lui obiecte
qu'on ne fçay fi vne crainte naturelle ne l'a point obligé à

defirer que madite Dame partit de Diepe : Cette calomnie
fe dement par toutes les actions de fa vie, & mondit Sieur
la connu côme tous ceux qui le connoiffent, auec tant de
cœur, qu'en tous les voyages d'armées qu'il a fait, il a toûjours defiré qu'il fut pres de lui, biē qu'il fut tres neceffaire
à Diepe; La Genealogie de toute cette Famille feroit bien
plus belle à faire que celle dont on parle auec tant déclat.
Pour le fieur de la Croifette, ie n'ay pas eu moins de foin à
m'inftruire de ce qui le regarde, vous fçauez comme toute
la Prouince, qu'il a efté pendant plufieurs années pres de
Monfieur de Longueuille, dans toute la confiance & eftime
qu'vn Maiftre peut auoir d'vn domeftique, le Gouuernement
de Caën en a efté la marque comme la recompenfe de fes
longs feruices, ces chofes ont eu les fuittes ordinaires du
monde, ie veux dire beaucoup de ialoufies & beaucoup
d'ennemis qui leuerent le mafque, pendant les troubles de
Normandie, & tâcherent par toutes fortes d'inuentions de
le noircir pres de fon Maiftre, lequel ayant efté à Caën, veu
& connu les feruices qu'il luy auoit rendu, donna des tefmoignages publics de la fatisfaction qu'il en auoit, ce fut vne
nouuelle matiere de haine & d'enuie pour fes ennemis, ce
qui fe voit affez par cette Apologie, qui pourtant à la bonté
de ne le pas blafmer d'auoir remis la place entre les mains
du Roy, fon Maiftre dit elle, luy ayant monftré par parolles
& exemples qu'il y faloit obeyr, qu'il ne la faloit pourtant
pas rendre au Fauory : mais attendre que le Roy fut maieur,
& qu'il deuoit imiter en cela les genereufes actions du fieur
de Chamboy ; les Autheurs de cette rare piece le voulant

calomnier à quelque pris que ce foit, font tellement aueuglez par la paffion qui les emporte, qu'ils difent des contradictions manifeetes, puis qu'atendre que le Roy fut maieur & imiter le fieur de Chamboy qui auoit defia remis le Pont de Larche au Roy, dix iours auparauant, font deux chofes qui fe contredifent, ie ne voy pas auffi en quoy on le put imiter, fi ce n'eft en remettant au Roy le Chafteau de Caën, comme il auoit fait celuy du Pont de Larche, & comme celui de Diepe auoit efté remis auparauant que le fieur de la Croifette fut forti de la fienne, a quoy ie peu encore adioufter l'inegalité de la force des habitans du Pont de Larche, & de Diepe auec ceux de Caën, & il faut que la Cour aye efté bien fatisfaite de ceux des deux premieres, puis que les habitans du Pont de Larche font amodiez aux Tailles, & les Echeuins de Diepe annoblis, & ceux de Caën deftituez : les raifons de cette diuerfité de traitemens fe peuuent affez coniecturer, ie ne vous dis rien de ce commerce que ledit fieur de la Croifette eft accufé d'auoir eu en Cour, durant ce temps, c'eft vn ftile fi ordinaire qu'il n'i a que les fots qui fi arreftent, la Cour n'efpargne perfonne en fes rencôtres, & l'vfage en eft iournalier, & s'il a fait quelque traité ou reçeu quelque argent pour remettre fa place, ce que ie fçay certainement contraire à la verité, c'eft vne matiere de fait qui ne peut eftre cachée, & en laquelle perfonne ne peut eftre trompé, apres tout, fi nous voulons nous arrefter plutoft aux effets qu'aux difcours côme nous le deuons, vous & moy fçauons bien qu'il a fi dignement ferui fon Maiftre, que lui & fa maifon n'ont

iamais efté en plus grand luftre que lors qu'il a efté dans la
conduitte de fes affaires, & il eft veritable de dire que dés
lors qu'il n'i a plus efté, on y a veu des changements no-
tables & de vifibles acheminemens a ce que nous voyons ;
Ie finis en vous difant encore vne fois que le deffein de
ceux qui ont fait cette Apologie n'eft autre que celui que ie
vous ay marqué ci deffus, de forte que cet Ouurage ayant
de fi mauuais fondemens, on n'en peut attendre autre chofe
que la confufion de fes Autheurs, c'eft auffi ce que vous
vous en deuez promettre & que le tēps confirmera ce que
ie vous mande pour la iuftification de vos amis, cependant
ces rencontres font voir que perfonne ne fe peut dire
exempt des calomnies, & me font faire reflection fur ce que
nous auons fouuent dit, que le feruice des Grands eft dangereux ; Ie fuis

MONSIEVR,

Voftre tres humble & tres
obeiffant feruiteur,

I. P.